क़ैद से छूटा हुआ परमात्मा

क़ैद से छूटा हुआ परमात्मा

लेखक
कारेल चापेक

रूपान्तरकार
मनोहर श्याम जोशी

वाणी प्रकाशन

वाणी प्रकाशन
4695, 21-ए, दरियागंज, नयी दिल्ली 110 002

शाखा

अशोक राजपथ, पटना 800 004

फ़ोन : +91 11 23273167 फ़ैक्स : +91 11 23275710

www.vaniprakashan.in
vaniprakashan@gmail.com
sales@vaniprakashan.in

QAID SE CHHOOTA HUA PARMATMA
by Karel Capek
Translated by Manohar Shyam Joshi

ISBN : 978-93-5229-087-1
Novel

प्रथम संस्करण
मूल्य : ₹ 225

हर्ष प्रिंटर्स, दिल्ली-110 093 में मुद्रित

वाणी प्रकाशन का लोगो मक़बूल फ़िदा हुसेन की कूची से

प्रस्तुत रचना कारेल चापेक के उपन्यास 'तोबरना ना एब्सलूटनो' का संक्षिप्त हिन्दी रूपान्तर है। इस सदी के आरम्भिक वर्षों में चापेक ने परमाणु-भट्ठियों के सम्बन्ध में जो कल्पना की थी वह तो सही नहीं निकली, या यों कहें कि उस रूप में अब तक पूरी नहीं हुई, लेकिन इसके सन्दर्भ में उन्होंने विशिष्ट व्यंग्यात्मक शैली में आधुनिक मानव और उसके समाज की विसंगतियों का जो निरूपण किया था वह निश्चय ही आज भी सार्थक मालूम होता है।

मनोहर श्याम जोशी

कारेल चापेक

कारेल चापेक
(1890-1938)

प्रख्यात चेकोस्लोवाक साहित्यकार कारेल चापेक का जन्म एक कुलीन घराने में हुआ था, उन्होंने दर्शन-शास्त्र का विशेष अध्ययन किया और उसी में डाक्टरेट प्राप्त की थी। वे एक ऐसे युग में जी रहे थे जब आधुनिक तकनीकी विज्ञान तेजी के साथ विकसित हो रहा था और विचारशील लोगों के मन में यह चिन्ता उत्पन्न हो गयी थी कि विज्ञान सामाजिक और मानवीय मूल्यों को नष्ट कर देगा। चापेक एक ओर विज्ञान की उपलब्धियों के प्रशंसक थे, दूसरी ओर उन्हें मानव-जाति के भाग्य और जनसाधारण के जीवन की चिन्ता थी।

चापेक की कृतियों का मूल स्वर सामाजिक और दार्शनिक है। उनकी प्रारम्भिक कृतियों—'दैवी आतंक' और 'दर्दनाक कहानियाँ' में चापेक ने परम्परा के धरातल को उघाड़ कर शाश्वत सत्य और अर्थों की खोज की है। उनके कुछ उपन्यास शुद्ध दार्शनिक धारणाओं पर

आधारित हैं और कुछेक में उन्होंने दैनिक जीवन की साधारण घटनाओं के प्रकाश में मानवीय सम्बन्धों का विश्लेषण किया है।

चापेक की विज्ञान सम्बन्धी कृतियों में आर. यू. आर. नामक नाटक का अपना महत्त्व है। इसमें चापेक ने कृत्रिम मानव-यंत्र के निर्माण की कल्पना की है तथा उसे रोबोट नाम दिया है। यहाँ यह तथ्य उल्लेखनीय है कि आगे जाकर कृत्रिम मानव-यंत्र के निर्माताओं ने उसके लिए रोबोट शब्द चापेक से ही लिया।

विज्ञापन

1943, नये साल का पहला दिन।

मंटाला कम्पनी का मालिक जी.एच. बौंडी हर रोज की तरह अखबार के पन्ने उलट रहा है। पहले पृष्ठ पर युद्ध के समाचार हैं। बौंडी मुँह बिचका कर पृष्ठ पलट देता है। मंत्रिमंडल के संकट के समाचार, ये तो आये दिन के संकट हैं! वह तेजी से पन्ने पलट कर आर्थिक और व्यापारिक खबरों वाले अन्तिम पृष्ठ पर रुकता है। एक सरसरी निगाह उस पर डालता है और फिर झटके से अखबार बन्द कर के कुछ सोचने लगता है।

बौंडी सोच रहा है—"कोयले का संकट आने को है...खदानें रीती हो गयी हैं, घाटी में खुदाई बन्द हुए बरसों बीत चुके हैं। ईश्वर ही मालिक है, बड़ी भारी मुसीबत है। खैर, अब विदेशों से कोयला मँगाना होगा। वह महँगा पड़ेगा, हमारी चीजों के दाम बढ़ जायेंगे। अजीब उलझन है। बाजार में कैसे टिक पायेंगे, हमारा माल बिकना बन्द हो जायेगा।

ओह, कारखाने बन्द हो जायेंगे, बैंक डूब जायेंगे। कैसी मुसीबत है! ऊँह, भाड़ में जाये यह संकट।"

बौंडी अब आगे कुछ नहीं सोच पा रहा था। उसे लगा जैसे कोई चीज उसके दिमाग को परेशान कर रही है। वह बेचैन हो उठा। उसने फिर से अखबार उठाया। उसकी निगाहों के सामने मुड़ा हुआ अन्तिम पृष्ठ था। अब समझा, यह 'कार' ही उसे परेशान कर रहा था। यह किसी शब्द का एक टुकड़ा है, शब्द का पहला हिस्सा तहों में दब गया है। यही 'कार' उसके दिमाग में अटक गया होगा। उसने पृष्ठ पूरा फैलाया और अब उसे वह 'कार' ढूँढ़े नहीं मिला। वह झुंझला उठा—"भाड़ में जाये यह कार। होगा 'बेकार', 'सरकार', 'जयकार', 'उपकार' या कौन जाने सिर्फ 'कार'। अरे, कहीं 'चीत्कार' न हो। या स्वीकार? क्या स्वीकार कर लिया गया? कोई ऐसा सुझाव तो नहीं जिसका हमारे उद्योग पर असर पड़ सकता हो। पता लगाना ही होगा आखिर यह शब्द है क्या?" एक परत, दूसरी परत, बौंडी अखबार को फिर उसी तरह मोड़ देता है। और वह 'कार' बदस्तूर परतों से झाँकता नजर आता है। 'कार' पर अँगुली रख कर वह पृष्ठ को फिर फैलाता है और अब उसे वह भगोड़ा शब्द मिल ही जाता है—'आविष्कार'। यह शीर्षक है; और इसके नीचे ही महीन टाइप में एक छोटा-सा विज्ञापन :

'आविष्कार'

"बहुत लाभकारी प्रत्येक कारखाने के लिए उपयुक्त, तुरन्त बिकाऊ, व्यक्तिगत कारणों से बेचा जा रहा है। इस पते पर लिखें—आर. मरेक इंजीनियर, ब्रवनोव, 1651।"

बौंडी ने पढ़ा और वह भुनभुनाया, "खोदा पहाड़ और निकली चुहिया। होगा कोई बेकार का पेटेंट पट्टा, कोई सस्ती-सी धोखाधड़ी, किसी सिरफिरे की बेवकूफी या किसी सनकी का खिलवाड़। मैंने इसके पीछे बेकार ही पाँच मिनट गँवा दिये। मैं यों ही अपने दिमाग पर फिजूल का बोझ डालता रहता हूँ।"

बौंडी आराम कुर्सी पर पसर गया और सोचने लगा—"हमारी कम्पनी के दस कारखाने हैं। हमारे यहाँ 34,000 कर्मचारी काम करते हैं। हम लोहे के प्रमुख उत्पादक हैं। बायलरों के क्षेत्र में हम बेजोड़ हैं। हमारी भट्ठियाँ तो सारी दुनिया में मशहूर हैं। लेकिन यदि हमने तीस वर्ष तक किसी दूसरे क्षेत्र में इतना कठोर परिश्रम किया होता तो इससे

कहीं ज्यादा मुनाफा कमाया होता। क्या करें कि हमारे उद्योग में कुछ चमत्कार हो सकें।"

बौंडी का ध्यान टूटा, वह एक झटके के साथ सीधा बैठ गया और बुदबुदाने लगा–"आर. मरेक इंजीनियर, आर. मरेक इंजीनियर। अच्छा रुको, अभी याद आता है, यह नाम कहाँ सुना, किसका है; अरे, हाँ वह लाल बालों वाला मरेक। उसका पूरा नाम क्या था भला?... हाँ, रूडोल्फ, रूडी मरेक, मेरा तकनीकी-स्कूल का पुराना साथी। ठीक है यह वही हजरत होंगे, विज्ञापन में लिखा तो है: आर. मरेक इंजीनियर, रूडी अरे मेरे यार क्या यह तेरा विज्ञापन है! तू कब से इस धन्धे में पड़ गया।"

फिर बौंडी के मस्तिष्क में एक नयी धारा प्रवाहित हुई : लगता है बेचारा आजकल रोड इंस्पेक्टरी कर रहा है। कोई धन्धा-रोजगार नहीं होगा तो यह करतब सूझा होगा। बिकाऊ है बहुत लाभकारी आविष्कार। हा...हा...और लिखता है–'व्यक्तिगत' कारणों से बेचा जा रहा है। पैसा नहीं रहा होगा पास में, और क्या? झूठमूठ के पेटेंट के धोखे में किसी मूर्ख उद्योगपति की जेब काटना चाहता है। क्यों सच है न? अरे वाह रे रूडी, तू तो कहा करता था कि दुनिया को बदल डालेगा। अब कहाँ गये तेरे वे सुनहरे सपने। आह क्या दिन थे वे भी। क्या बात थी हमारी उमंगों भरी जवानी की। कहाँ खो गये वे सुनहरे प्यारे दिन!"

भयावेश की थकान दूर करने के लिए बौंडी फिर अपनी कुर्सी में पसर गया और सोचने लगा–"यह तो सचमुच अपना मरेक ही मालूम होता है। मरेक विज्ञान में तेज था। थोड़ा अफलातूनी तो जरूर था। मगर था होशियार। सूझबूझ पैनी थी। यों पढ़ाई-लिखाई ही उसके बस की थी और बातों में तो वह बहुत सी गैर-दुनियादार और डरपोक था। अजी, पूरा काठ का उल्लू। मैं तो समझता था कि कहीं मास्टर या प्रोफेसर लग गया होगा अब तक। बीस साल हो गये मैंने भी उसकी

खोज खबर नहीं ली। राम जाने उस पर क्या बीत रही होगी। मालूम होता है कि उसकी हालत खस्ता है। अजब खेल है साहब किस्मत का। वह रूडी जिसके दिमाग की हर कोई दाद देता था आज दाने-दाने को तरस रहा है। गरीब को अपना आविष्कार बेचना पड़ रहा है।"

बौंडी सोचता जा रहा था और उसके मस्तिष्क में एक तसवीर उभरती जा रही थी—बेडौली और अस्त-व्यस्त सिर, उसके चारों ओर किसी सिनेमा के सैट-सी कार्डबोर्ड की दीवारें। कोई फर्नीचर नहीं है। कोने में एक गद्दा पड़ा है और मेज पर चकरियों, कीलों तथा दियासलाई की सींकों के अधजले टुकड़ों का एक माडल रखा है। एक तंग-सी खिड़की के पार गन्दा-सा एक आँगन दिख रहा है। यही मरेक का घर, कार्यालय सभी कुछ है।

बौंडी कल्पना करता है कि वह रोबदार रोंएदार कपड़े पहन कर मरेक कमरे में घुस रहा है और उससे कह रहा है—"मरेक मेरे दोस्त, कहाँ है और तुम्हारा आविष्कार।" मरेक की निगाह कमजोर हो चुकी है। वह अपने पुराने सहपाठी को पहचान नहीं पा रहा है और परेशान होकर मेहमान के लिए कुर्सी ढूँढ़ रहा है। लेकिन कुर्सी हो तो मिले। और अब वह अपनी काँपती हुई पतली मगर खुरदरी अँगुलियों से मशीन के मॉडल को चलाने की नाकामयाब कोशिश कर रहा है। और अब माफी माँगती आवाज में कह रहा है, "मशीन काम करेगी जरूर। आप इसे खरीद लें। अच्छे पुर्जे लगेंगे तो धड़ल्ले से चलेगी।" और फिर बौंडी अपनी कल्पना में ही एक-एक कर के हजार क्राउन के तीन नोट चमड़े के बटुए से निकाल कर मेज पर रख देता है।

इस स्थल पर पहुँच कर बौंडी चौंक पड़ा और चीखा— "यह क्या कर रहे हो, शुरू में एक हजार में ही सौदा पटा कर देखते।"

खैर यह भूल कल्पना में ही हुई! दृश्य आगे बढ़ाया जाये।

"भाई मरेक, कुछ भी तो नहीं है। ये थोड़े-से क्राउन काम चलाने

भर के लिए हैं। नहीं यार, इसमें अहसान-वहसान की कोई बात नहीं है। मेरी क्या बिसात कि तेरी प्रतिभा की पूरी कीमत चुका सकूँ। मैं तो बस दोस्ती के नाते तेरे पास पहुँचा हूँ।"

यह दृश्य बौंडी को बहुत भला लगा, बहुत ही मर्मस्पर्शी। उसने तय किया, कल अपने सेक्रेटरी को मरेक के पास जरूर भेजेगा। फिर ख़याल आया कि 'आज का तो कोई प्रोग्राम नहीं है। छुट्टी है, कारखाने भी नहीं जाना है। यह समय मेरा अपना है, कैसी मुश्किल है सारा दिन खाली बैठे रहना। और अगर मैं आज ही मरेक की ओर निकल जाऊँ तो कैसा रहे?' वह झिझका, फिर उसने स्वयं से कहा—"चलूँ चल कर अपनी आँखों से देखूँ। मेरा वह अजीबोगरीब दोस्त ब्रेवनेव में मुसीबतों से कैसे जूझ रहा है। आखिर हम दोनों कभी लँगोटिया यार रहे हैं और बीते हुए समय का भी आदमी पर कुछ हक तो होता ही है।"

बौंडी की कार ब्रेवनेव से इधर में उधर घूमती रही लेकिन 1651 नम्बर का आहाता नहीं मिला। बौंडी ने आखिर थाने जाकर पुलिस इंस्पेक्टर से पूछताछ की। इंस्पेक्टर पहले सोच में पड़ गया, फिर सहसा बोला—"मरेक। अरे आप मरेक एण्ड कम्पनी, इलैक्ट्रिक लैम्प फैक्टरी, 1651 मिक्सा स्ट्रीट के मालिक की बात तो नहीं कर रहे हैं।"

इलैक्ट्रिक लैम्प फैक्टरी। बौंडी को आश्चर्य हुआ, निराशा भी, और कुछ झुँझलाहट भी। अच्छा तो रूडी मरेक कंगाली में दिन नहीं गुजार रहा है, वह कारखाने का मालिक है और अपने किसी आविष्कार को निजी कारणों से बेच रहा है। अच्छा समझा। जरूर उसका दिवाला निकल गया होगा। शर्त है, ऐसा न हुआ तो अपना नाम बदल दूँ।

कार में बैठते हुए उसने पुलिस इंस्पेक्टर से पूछा, "आपको कुछ पता है मरेक का धन्धा कैसा चल रहा है?" इंस्पेक्टर ने उत्तर दिया—"बहुत बढ़िया, मरेक एण्ड कम्पनी तो मशहूर है। मरेक बहुत धनी और विद्वान व्यक्ति है। वह दिन रात नये-नये प्रयोग करता रहता है।"

क़ैद से छूटा हुआ परमात्मा

बौंडी अपने ड्राइवर की ओर मुँह करके चीखा—“मिक्सा स्ट्रीट!” कार ज्यों ही मुड़ी उसके पीछे से इंस्पेक्टर ने फिर बताया—“दाहिनी ओर तीसरी सड़क।”

कुछ ही देर में बौंडी की कार मरेक के बँगले में दाखिल हो गयी। बौंडी ने घंटी बजाई। इधर-उधर नजर घुमाई और सफाई-सजावट की दाद देने के साथ-साथ यह भी सोचा कि इस ठाट-बाट को फिजूलखर्ची ही मानना होगा। ठीक इसी समय मरेक ने दरवाजा खोला और सीढ़ियों पर बौंडी का स्वागत किया। बौंडी ने देखा रूडी मरेक बहुत पतला-दुबला और गम्भीर है, न वह पहले जैसा युवा है और न ऊलजलूल ही। रूडी मरेक बौंडी की कल्पना से बहुत भिन्न था इतना भिन्न कि बौंडी उसे पहचान ही नहीं पा रहा था। बौंडी का स्वागत करते हुए मरेक ने हाथ फैलाया और कहा, “अच्छा तो आखिर तू आ ही गया, बौंडी! मुझे तेरा ही इन्तजार था!”

कारबूरेटर

सुरुचि से सजे हुए ड्राइंग-रूम में बौंडी को एक आरामदेह सोफा पर बैठाते हुए मरेक ने फिर वही फिकरा दोहराया, "मुझे तेरा ही इन्तजार था।"

बौंडी किसी तरह अपनी निराशा और अपने आश्चर्य को छिपाता हुआ औपचारिक बातचीत करने की कोशिश में जुट गया, "आज सवेरे ऐसे ही बैठे-बैठे जाने कैसे तेरा ख़याल आया! सोचा हद हो गयी बीस साल से न खतो-किताबत हुई, न मिलना-जुलना हुआ! बीस साल रूडी, पूरे बीस!"

मरेक के पास इस औपचारिकता के लिए समय ही नहीं था, उसने कहा, "काम की बात कर, मेरा आविष्कार खरीदना है या नहीं?"

बौंडी ने सकपकाते हुए जवाब दिया, "खरीदना! आविष्कार! यह तू कह क्या रहा है, मैं तो यों ही मिलने चला आया था।"

मरेक मुसकराया, "यार तू बहाने तो बना मत। मैंने जब विज्ञापन दिया था तब मुझे पूरी उम्मीद थी कि बौंडी भाई खिंचे चले आयेंगे।

यह आविष्कार तेरे धन्धे के लिए बड़े काम का साबित होगा। यूँ इसे बहुत पक्का और अच्छा बनाने के लिए कुछ करना है।"

मरेक सहसा गम्भीर हो गया। कुछ देर ख़यालों में खोया रहा और फिर राज की बात सुनाने वाले अन्दाज से बोला, "मैं तुम्हें जिस आविष्कार के बारे में बताने वाला हूँ, उससे उद्योग-धन्धों का नक्शा ही बदल जायेगा।"

बौंडी ने जम्हाई ली और ऊबे-से स्वर में कहा, "यह तो बता कि इन बीस वर्षो में करता क्या रहा तू?"

मरेक ने बौंडी को कुछ उसी तरह देखा जिस तरह अध्यापक कूड़मगज छात्र को देखता है, और फिर अपनी बात जारी रखी, "दुनिया की हर चीज परमाणुओं से बनी हुई है और इन परमाणुओं में ताकत का खजाना भरा पड़ा है। वैज्ञानिकों के अनुसार प्रत्येक परमाणु...।"

बौंडी ने टोकते हुए कहा, "यार तू तो जानता ही है कि विज्ञान का मेरी बुद्धि से कितना बैर रहा है। तो छोड़ यह पचड़ा। वैसे भी कुछ थका-हारा लगता है तू। यह बता धन्धा-रोजगार तो तेरा ठीक चल रहा है न? मुझे तो यही जानकर ताज्जुब हुआ कि तूने कारखाना लगा लिया है...।"

"कुछ नहीं, संयोग की बात थी। बिजली के एक नये ढंग के बल्ब का मैंने आविष्कार किया था सो उसी को बनाने के लिए कारखाना खोल दिया। मगर वह तो मामूली-सी चीज थी। पिछले बीस वर्षों से जिस समस्या से जूझ रहा हूँ वह कुछ और ही है। अच्छा तू ही बता आज के जमाने में उद्योग की सबसे बड़ी समस्या क्या है।"

"मुनाफा कमाना," बौंडी ने फौरन जवाब दिया और खुद एक सवाल दाग दिया, "शादी-वादी की या नहीं?"

"मेरी घर वाली गुजर चुकी है।" मरेक ने इस बात को आया-गया कर के अपना बयान जारी रखा, "ध्यान से सुन—उद्योग की सबसे

बड़ी समस्या है ईंधन के पूरे इस्तेमाल की समस्या। पदार्थ के भीतर संचित सम्पूर्ण ऊर्जा के उपयोग की समस्या। सोच कर देख अब जब हम भट्ठी में कोयला जलाते हैं तो उसकी भीतरी गर्मी के एक लाखवें हिस्से का भी इस्तेमाल नहीं कर पाते। अगर पूरी गर्मी का इस्तेमाल करने की तरकीब आ जाये तो कैसा रहे!"

बौंडी बुदबुदाया, "हाँ, कोयले की इधर जरा किल्लत है।"

मरेक झुँझलाकर बोला, "देख बौंडी अगर तुझे मेरा आविष्कार कारबूरेटर खरीदना है तो ध्यान से मेरी बात सुन, नहीं तो फौरन चला जा।"

बौंडी तुरन्त सीधा होकर बैठ गया और बोला, 'तू कह न मैं सुन रहा हूँ।"

मरेक ने सामने की मेज पर कोहनियाँ टिका दीं और चेहरे को हथेलियों का सहारा दे दिया। धीमी मगर सधी आवाज में वह कहने लगा, "बीस वर्ष से मैं इस आविष्कार पर मेहनत कर रहा हूँ, लेकिन अब मैंने फैसला किया है कि पहले ही ग्राहक के हाथ इसे बेच दूँ, तू यह मत समझना कि यह कोई मामूली या बेकार-सा आविष्कार है। मैं चाहे जिसकी कसम खा कर कह सकता हूँ, ऐसी आश्चर्यजनक, इतनी लाभप्रद खोज इससे पहले कभी नहीं हुई।"

बौंडी ने कुछ कहने के लिए कह दिया, "बेशक, तुम्हारी खोज कोयले के संकट के दौर में काम की साबित हो सकेगी।"

सुन कर मरेक चिढ़ गया, तुनक कर बोला, "यह संकट-वंकट क्या होता है जी? मेरी खोज तो अपने आप में आश्चर्यजनक है। इससे किसी भी पदार्थ की परमाणु शक्ति का पूरा-पूरा उपयोग किया जा सकेगा।"

"अच्छा, तो अब हम भट्ठियों में परमाणु झोंका करेंगे। ठीक ही है कोई हरज तो है नहीं। अच्छा, मुझे यह बता, कारखाने से तुझे कितना मुनाफा हो जाता है?" मरेक ने इस बात का कोई जवाब नहीं दिया।

वह किन्हीं सपनों में खोया हुआ था। सहसा सजग होकर उसने कहा, "बात एक ही है चाहे परमाणु शक्ति का पूर्ण उपयोग कह लो चाहे पदार्थ का सम्पूर्ण दहन कह लो, विघटन कह लो या पदार्थ को पूरी तरह जला लेना कह लो। मन आये सो कह लो।"

"मैं तो जला लेना ही कहूँगा क्योंकि अपने पल्ले तो बस यही पड़ा।"

"यों विघटन ज्यादा उपयुक्त शब्द है। समस्या है परमाणु को तोड़ने की। उसकी शक्ति को साधने की।"

बौंडी ने सिर हिलाते हुए कहा, "वह तो ठीक है, साधने से ही बात बनती है।"

मरेक ने टिप्पणी की ओर ध्यान न देकर अपनी बात जारी रखी, "हम जब कोयले का एक टुकड़ा जलाते हैं तो उससे गर्मी तो पैदा होती है लेकिन साथ ही धुआँ निकलता है, कालिख बनती है, और राख भी बची रहती है, यानी पदार्थ पूरी तरह नहीं जलता।"

बौंडी ने बात बदलनी चाही, "राख से याद आया, यार जरा वह राखदानी तो देना। चुरट तुझे भी चलेगा या सिगरेट निकालूँ?"

मरेक ने राखदानी बौंडी की ओर बढ़ा दी और चुरट या सिगरेट कुछ भी लेने से इनकार कर दिया। उसने कहा, "सवाल यह है कि पदार्थ को जला कर किस तरह बिल्कुल समाप्त कर दें।"

"बहुत खूब, अब समझा, यानी कि पत्ता ही साफ कर दें।"

"परमाणु अपने को बरकरार रखने के लिए बहुत अधिक शक्ति लगाये रखता है। अगर परमाणु को तोड़ दो, उसे मिट जाने के लिए मजबूर कर दो तो यह शक्ति बाहर फूट पड़ेगी। क्या समझे?"

"वह तो ठीक है लेकिन इस सौदे में हिसाब क्या रहेगा?"

"हिसाब यही समझ लो कि एक किलो कोयले से एक अच्छा-खासा कारखाना हजारों घंटों तक चलता रह सकता है।"

बौंडी ने सोचा कि हो न हो रूडी का दिमाग खराब हो गया है।

तो भी झूठमूठ उत्साह दिखाते हुए उसने कुर्सी के हत्थे पर हाथ मारकर दाद दी, "जियो! यह तो गजब का आविष्कार है। एक किलो कोयला कितने घंटे जलेगा भला?"

"यह बताना तो ज़रा मुश्किल है और अभी मैं परमाणु शक्ति का पूरा उपयोग कर सकने में समर्थ भी नहीं हुआ हूँ। बहरहाल अब तक मैंने जितनी सफलता प्राप्त कर ली है उसका अनुमान इसी से लगाया जा सकता है कि मेरी भट्ठी में आधा किलो कोयला पिछले छह हफ्ते से बराबर जल रहा है और उसके खत्म होने के अब भी कोई आसार नहीं हैं।"

बौंडी को विश्वास हो गया कि रूडी पागल हो चुका है। निकल भागने के लिए उसने भूमिका बाँधी, "यार रूडी, तू बेहद थका हुआ लग रहा है, तबियत-वबियत कुछ ढीली मालूम हो रही है तेरी। तू आराम कर, फिर कभी बात करेंगे तुझसे।"

रूडी ने हँसते हुए कहा, "मैं बिल्कुल ठीक हूँ, तू अलबत्ता इन वैज्ञानिक बातों से बोर हो रहा होगा। इसलिए मैं कारबूरेटर के बारे में तुझे कुछ समझाने की यह नाकाम कोशिश छोड़ कर कारबूरेटर ही तुझे दिखवा देता हूँ, नीचे तहखाने में है। गवाहों के सामने उसमें आधा किलो कोयला डाल कर उसे मोहरबन्द किया गया है। देर मत कर, अब चटपट देख आ।"

"तू साथ नहीं चलेगा?" बौंडी ने पूछा।

"नहीं, अकेले ही वहाँ जा और देख बौंडी, बहुत देर तक वहाँ मत रुकना।"

"क्यों?" बौंडी को शक हो गया।

"कोई खास बात नहीं है। मुझे वहम-सा है शायद वहाँ की हवा तन्दुरुस्ती के लिए बहुत अच्छी नहीं है। घुसते ही दाहिने हाथ को स्विच है बत्ती जला लेना।"

क़ैद से छूटा हुआ परमात्मा

बौंडी नीचे तहखाने में चला गया। वह खुश था, उस पागल मरेक से तो छुट्टी मिली। बौंडी सोचने लगा कि यहाँ से जल्दी से जल्दी कैसे खिसका जाये। उसने बैंक के खजाने के दरवाजे जैसा मोटा फाटक खोला और बत्ती जलाई। तहखाने के ठीक बीचों-बीच ताम्बे का एक सिलेण्डर सिमेंट के पायों पर टिका हुआ था। कमरे में मन्दिर जैसी स्वच्छता और शान्ति थी। सिलेण्डर सब ओर से बन्द था। एक पिस्टन नियमित गति से चक्के को चला रहा था। बस यही तो था वहाँ। ऊपर की ओर जाती हुई चिमनी में कुछ खड़खड़ाहट-सी जरूर सुनाई दे रही थी।

बौंडी को लगा कि उसकी भौंहो पर बड़ा भला ताजी हवा का झोंका सा तैर गया है, उसके बालों में सिहरन-सी हुई और फिर उसे ऐसा महसूस हुआ कि जैसे वह किसी महाशून्य में मिल गया हो, जैसे उसके शरीर में कोई भार ही न रहा हो। बौंडी घुटनों के बल वहीं बैठ गया, वह प्रार्थना की मुद्रा में नतमस्तक हुआ। उसकी तबीयत हुई कि जोर-जोर से आह्लादित स्वरों में किसी अदृश्यमान का गुणगान करे। उसे लगा कि उसके चारों ओर निरन्तर असंख्य पंख फड़फड़ा रहे हैं।

इसी समय मरेक ने उसका हाथ पकड़ कर उसे तहखाने से बाहर घसीट लिया। वह उसको सहारा देकर ऊपर ले गया। कमरे में जाकर मरेक ने अपने सिर से लोहे का कनटोप उतार दिया, पसीना पोंछ डाला और वह बोला, "मैं ठीक समय पर पहुँच गया, नहीं तो..."

मरेक ने काँपते हुए हाथों से ब्रांडी भरा गिलास अपने मित्र की ओर बढ़ाया और थरथराती आवाज में बोला, "ले इसे पी जा! तुझे भी वहाँ कुछ दहशत-सी हुई न?"

लड़खड़ाती जबान से बौंडी ने उत्तर दिया, "दहशत तो नहीं, कुछ अजीब-सा हुआ। क्या नाम कहते हैं उसे बहुत ही दिव...दिव...।"

"दिव्य! दिव्य अनुभूति यही न!" मरेक ने पूछा।

"कुछ ऐसा रहा होगा रूडी। मैं कभी गिरजाघर नहीं जाता लेकिन वहाँ तहखाने में मुझे कुछ ऐसा महसूस हुआ जैसे...जैसे मैं दुनिया के रखवाले के सामने खड़ा हुआ हूँ।"

मरेक के होंठों पर फीकी-सी मुसकान खेल गयी, वह बोला, "शायद इसीलिए तू वहाँ मत्था टेक रहा था।"

अपनी गंजी खोपड़ी खुजाते हुए बौंडी ने कहा, "मत्था टेक रहा था सच! लेकिन क्यों, ऐसा क्यों हुआ होगा?"

मरेक का चेहरा जर्द पड़ता जा रहा था। उसने कमरे में इस दीवार से उस दीवार तक चहल-कदमी शुरू कर दी और बराबर यही बुदबुदाता रहा, "यह कारबूरेटर मुझे कहीं का नहीं छोड़ेगा।"

बौंडी ने झुँझलाकर सवाल किया, "आखिर कुछ बताएगा या यों ही कारबूरेटर की माला जपे जायेगा।"

मरेक फिर भी उससे मुखातिब नहीं हुआ और बदस्तूर कमरे के चक्कर काटता रहा। बौंडी ने मन ही मन कहा, "यह मरेक तो पागल हो गया दिखता है। लेकिन मुझ पर भी यह क्या पागलपन सवार हुआ कि आत्मा परमात्मा वाली बातें सोचने लगा। जरूर उस कारबूरेटर में से कुछ गैस-वैस निकलती होगी जिसके असर से नजर और दिमाग को धोखा होता होगा। तभी तो यह मरेक तहखाने में गैस से बचने वाला नकाब पहन कर आया था।" अपनी इस सूझ से सुखी होकर बौंडी ने आश्वस्त मुद्रा में कहा, "समझ गया, कारबूरेटर में से जहरीली गैस निकलती है।"

"अरे गैस ही होती तो निपट लेते!" मरेक मुट्ठियाँ भींच कर फट पड़ा, "मैंने कभी सोचा ही नहीं था यह कारबूरेटर ऐसा खुराफाती साबित होगा! जो भी इसके नजदीक जाता है उस पर एक अजीबो-गरीब असर पड़ता है! तुझ पर तो कुछ भी नहीं हुआ, हमारा दरबान तो पूरी तरह चक्कर में आ गया था!"

"क्या हुआ गरीब को, मर तो नहीं गया।"

"नहीं, संन्यासी बन गया। बस मेरे कारबूरेटर में एक ही खामी है। इसमें से धार्मिकता मानो फूटी पड़ती है। मैं इसीलिए इसे बेच देना चाहता हूँ। तुम्हें इसे लेना ही होगा। खरीदना न चाहो तो मुफ्त ले तो, मगर ले जाओ यहाँ से। सच कहता हूँ तुम इसकी बदौलत करोड़ क्या खरब-पति हो जाओगे।"

"मगर इसमें से जहरीली गैस निकलती है, सरकार इस पर प्रतिबन्ध लगा देगी तो?"

"जहरीली गैस नहीं मेरे यार, उससे भी हजार गुना खतरनाक चीज। लेकिन उससे तुझे क्या? मैं कहता हूँ यह आविष्कार तुझे माला-माल कर देगा। अभी तो इसमें कोयला डालने की जरूरत पड़ती है लेकिन आगे चल कर इसे ऐसा रूप दिया जा सकता है कि कंकड़-पत्थर कुछ डाल दो यह मजे से काम करता रहेगा। चट्टान का एक छोटा-सा टुकड़ा कारबूरेटर में डाला और कारखाना महीनों चलाया। बीस साल मैंने भाड़ नहीं झोंका है बौंडी। तुझे मानना होगा कि मैंने एक ऐसी मशीन ईजाद की है जो दुनिया को हिला कर रख देगी।"

"वह सब तो मैंने मान लिया," बौंडी ने कहा, "मगर यह धार्मिकता वाला चक्कर क्या है?"

"बस यही तो एक चक्कर है," मरेक फुसफुसाया, "तूने दर्शन-शास्त्र भला क्या पढ़ा होगा! मैं भी पहले नहीं पढ़ता था लेकिन इधर कई पोथियाँ उठा कर देखीं। अच्छा बौंडी यह बता तुझे परमात्मा में विश्वास है।"

"मुझे?" बौंडी कुछ अचकचा कर बोला, "कभी ध्यान नहीं दिया इस ओर! परमात्मा होगा अपनी जगह पर, हमारी दुनिया अपनी जगह पर है। दोनों को मिलाने की बात इस जमाने में ठीक नहीं लगती। यों परमात्मा को उसे अपनी जगह देने में भी मुझे कोई एतराज नहीं है।

अगर वह अपनी जगह रह सकता हो और मेरा धन्धा-रोजगार अपनी जगह चल सकता हो तो फिर झगड़ा क्या है!"

"लेकिन एक वैज्ञानिक के नाते मैं ऐसा सोच नहीं सकता। या तो वही हो सकता है या फिर विज्ञान ही हो सकता है।"

"लेकिन भगवान का और तेरी इस मशीन का आखिर नाता क्या है, यह तो बता। बस फलसफा झाड़े जा रहा है, मेरा यार!"

"फलसफे की ही तो बात है भैया! जैसा मैं तुझसे कह रहा था, इधर मैंने कई दार्शनिक ग्रन्थ पढ़े। पश्चिम और पूर्व के कुछ मनीषियों की यह मान्यता नहीं है कि परमात्मा कण-कण में मौजूद है। अगर यह बात सही है तो क्या पदार्थ को पूरी तरह नष्ट कर देने पर वह कण-कण व्यापी परमात्मा बाहर नहीं निकलेगा! अगर दुनिया की हर चीज में पदार्थ और परमात्मा दोनों है, तो पदार्थ के चुक जाने के बाद क्या खालिस परमात्मा ही नहीं बचा रहेगा?"

"धीरे-धीरे समझा यों कुछ पल्ले नहीं पड़ रहा।"

"पल्ले पड़ने वाली बात भी नहीं है मेरे दोस्त। मैं तो खुद हैरान-परेशान हूँ। लेकिन सवाल यह है कि क्या इस तर्क को माना जा सकता है कि मेरा कारबूरेटर कोयले के पदार्थ को नष्ट करके कोयले में बसे हुए परमात्मा को मुक्त कर रहा है?"

"मुझे तो मान लेने में कोई हर्ज नहीं है," बौंडी ने इत्मीनान से कहा, "मगर सबूत क्या है?"

तहखाने का देवता

"सबूत!" मरेक ने चीख कर कहा, "तहखाने में जाओ और फिर उस देवता का तजुर्बा कर आओ! कारबूरेटर का मुझ पर जो असर हुआ है वह मुझे यह मानने को बाध्य करता है कि परमाणु के पूरी तरह नष्ट किये जाने की प्रक्रिया में एक बाइ-प्रोडक्ट, एक सह-उत्पाद प्राप्त होता है—परमात्मा अपने शुद्धतम रासायनिक रूप में! मैं सोचता हूँ कि पहुँचे हुए फकीर, सिद्ध सन्त जिस देवत्व को आध्यात्मिक प्रक्रियाओं द्वारा प्राप्त करते रहे होंगे मेरा कारबूरेटर उसी को शुद्ध भौतिक-रासायनिक प्रक्रिया से उपलब्ध किये दे रहा है।"

"विज्ञान की बात करो, बकवास बन्द करो।" बौंडी ने अपने गिलास में कुछ और ब्रांडी उँडेल ली।

"बकवास तो यह मुझे भी लगती है, मगर सच्चाई शायद कुछ ऐसी ही है। तुम्हें शायद विश्वास न हो मगर इसी कारबूरेटर का मुझ पर कुछ ऐसा असर पड़ा कि मैं हवा में उड़ने लगा, चमत्कार करने

लगा, भविष्यवाणियाँ करने लगा! इसी के प्रभाव में मैं तेरा यहाँ के लिए रवाना होना भीतर की किन्हीं आँखों से देख सका। इसीलिए तुझे याद होगा कि मैंने कहा था, मुझे तेरा ही इन्तजार था। ऐसे तजुर्बों से मैं अब परेशान हो उठा हूँ।"

"ऐसा तो नहीं कि यह सब नज़र का या मन का धोखा हो!"

"नहीं। शुरू में मैं भी यही समझा था। मैंने यह भी मानने की कोशिश की कि शायद कारबूरेटर में से कोई अज्ञात गैस निकलती हो। मैंने गैस के निकलने के लिए चिमनी बनवाई। और चिमनी बनाने वाले मजदूरों पर भी देवता हावी हो गया। चिमनी से कुछ फर्क नहीं पड़ा तो मैंने कारबूरेटर को मोटी फौलादी चादरों से ढक कर देखा, लेकिन वे भी बेअसर साबित हुईं। मैंने परमात्मा के अस्तित्व में अविश्वास करने वाले तमाम दार्शनिकों और वैज्ञानिकों के मोटे-मोटे पोथों से कारबूरेटर के चारों ओर दीवार खड़ी कर दी मगर यह दीवार भी उस तहखाने के देवता को रोक नहीं पाई। मैंने सनसनीखेज खबरों वाले अखबारों, सिनेमा के गानों की किताबों, संसद की बहसों की रिपोर्टों, नेताओं के भाषणों, विश्वविद्यालय की पाठ्य-पुस्तकों, कला और साहित्य के विभिन्न आन्दोलनों के घोषणा-पत्रों की दीवार से उसे रोकना चाहा मगर बेकार। यह क्या चीज है बौंडी जो एक्स-रे से भी ज्यादा पैनी है मगर जो किसी भी फोटो-प्लेट पर अपनी कोई छाप नहीं छोड़ती। मैं हैरान हूँ। और इस अदृश्यमान के प्रभाव में मुझे उन आदिम जंगलों के दृश्य दिख रहे हैं जिनके दबने से धरती की कोख में वह कोयला बना होगा जो कारबूरेटर में जल रहा है।"

बौंडी को ब्रांडी पीए होने के बावजूद कँपकँपी छूट गयी, "यह तू क्या बक रहा है, रूडी।"

"सच कह रहा हूँ बौंडी। और मुझे लगता है कि मैं भी दरबान की तरह पागल हो जाऊँगा। वह तहखाने के ऊपर सोया करता था।

उस पर कारबूरेटर का असर कुछ ऐसा हुआ कि वह संन्यास ले बैठा, प्रवचन करने लगा, चमत्कार दिखाने लगा। और जरा सोचो उस जैसा दुनियादार आदमी ढूँढ़े नहीं मिल सकता था। जब वह अपने चमत्कार से लाइलाजों का इलाज करने लगा तब जिला चिकित्सा अधिकारी बहुत परेशान हुए उन्होंने उसे पागलखाने में भिजवा दिया। अब सुनता हूँ कि पहले से कुछ बेहतर है।"

"लेकिन कारबूरेटर यह जो खुराफात करता है क्या वह सचमुच बहुत खतरनाक है, इतनी कि कारबूरेटर से होने वाले मुनाफे की ओर ध्यान ही नहीं दिया जाये?"

"बौंडी मैं खुद कह चुका हूँ कि कारबूरेटर से फायदे ही फायदे हैं। इससे संसार का कायाकल्प हो जायेगा। शायद गरीबी और भुखमरी का नामोनिशान तक मिट जायेगा। लेकिन साथ ही इससे परमात्मा छूट निकलेगा और सारी दुनिया में डोला करेगा। इसे कोई मामूली खतरा मत समझ बौंडी। हम इंसान उस भगवान से एक वास्तविकता के रूप में निपटना जानते नहीं हैं। उसकी उपस्थिति का क्या सामाजिक, नैतिक प्रभाव पड़ेगा कौन कह सकता है! जिसको हम सभ्यता कहते हैं उसका ही शायद अन्त हो जाये!"

"ठहर जरा!" बौंडी ने बात बीच में काटते हुए कहा, "अगर लोगों के सिर पर सवार भूत को ओझा जन्तर-मन्तर से उतार सकते हैं तो फिर क्यों इस कारबूरेटर के देवता का असर उसी तरह दूर नहीं किया जा सकता। और अगर देवता ही है तो उसे खुश तो किया ही जा सकता है। तूने किसी पादरी से सलाह नहीं ली?"

"मैं और पादरियों को बुलाऊँ! अपनी इस महान वैज्ञानिक उपलब्धि को उनके लिए अन्धविश्वास फैलाने का एक उपकरण बनने दूँ! कभी नहीं हो सकता!"

"तू तो जरा-सी बात नहीं समझ पाता रूडी। अगर कारबूरेटर के

इस्तेमाल की राह में यही परमात्मा आड़े आ रहा है, तो क्यों न परमात्मा से सीधा-तिरछा कोई सौदा कर लिया जाये। कभी तूने उससे दोस्ताना ढंग से कोई सौदा करने की कोशिश की?"

"नहीं!"

"बस यहीं तू मार खा गया। बाकायदा करारनामा बनवाकर सौदा पक्का करा लेता। हम आपको पूर्वनिश्चित पैमाने पर निर्माण करते रहने का वचन देते हैं और इस एवज में आप से वचन लेते हैं कि आप निर्माणस्थल से इतने-इतने मील दूर तक कोई दिव्य चमत्कार नहीं होने देंगे। ऐसी शर्त भला उसे क्यों अस्वीकार होगी। मैं देश के सबसे आला कानून-विशेषज्ञ को इस काम में लगाऊँगा। शायद कोई बढ़िया गिरजाघर बनवाने की बात से परमात्मा प्रसन्न हो जाये। मैं अभी तो कोई वायदा नहीं करता लेकिन शायद मैं इस कारबूरेटर को खरीद लूँ। बहरहाल इस कारबूरेटर पर काबू पाना तुम मेरे जिम्मे छोड़ दो। तुम्हें दुनियादारी नहीं आती तुम खामखाह परमात्मा को नाराज कर दोगे।"

पन्द्रह दिन बाद मरेक अपने मित्र बौंडी के दफ्तर पहुँचा यह बताने के लिए कि बौंडी के इंजीनियरों ने कारबूरेटर को उद्योग के लायक बनाने के लिए इस बीच क्या कुछ कर लिया है। बौंडी कम्पनी की फाइलों से उलझा हुआ था। एक फाइल निबटाने के बाद उसने पूछा—"कार कैसा चल रहा है?"

"बस पूरा हो गया समझो!" मरेक ने बड़े उत्साह से जवाब दिया, "तुम्हारा वह गंजी खोपड़ी वाला इंजीनियर, यार कमाल का आदमी है! उसने मेरे नक्शों के आधार पर ऐसी बढ़िया परमाणु- मोटर बनाई कि तबीयत खुश हो गयी! तू सुना क्या खबर है?"

बौंडी मुसकाया, "एक हो तो सुनाऊँ। यहाँ तो खबरों का ढेर

है! कारबूरेटर बनाने के लिए हम कारखाना लगा रहे हैं। कम्पनी की हिस्सा पूँजी दिन-दूनी रात चौगुनी बढ़ रही है। देश-विदेश में हर कहीं हमारी कम्पनी और कारबूरेटर के चर्चे हैं खुद देख ले!" यह कह कर बौंडी ने मरेक की गोदी में ढेरों देशी-विदेशी अखबार डाल दिये और फिर अपनी फाइलों में खो गया।

कुछ देर बाद मरेक ने निःश्वास छोड़कर मौन भंग किया और बोला "सुन यार! मैं तो पन्द्रह दिन से उधर गया ही नहीं, पता नहीं मेरे घर का और कारबूरेटर का क्या हाल है?"

मेज पर खुली फाइल से निगाह उठाते हुए बौंडी ने जवाब दिया, "कारबूरेटर तो मजे से चल रहा है लेकिन तुम्हारा घर ही नहीं, सारी की सारी सड़क ही बन्द कर देनी पड़ी है। झुण्ड के झुण्ड लोग वहाँ प्रार्थना करने और नये चमत्कार के सामने शीश नवाने पहुँचने लगे थे। भीड़ इतनी ज्यादा हो गयी कि 7 आदमी कुचले गये।"

"बस मुझे इसी बात का डर था। बौंडी कहीं सरकार हमारे कारबूरेटर पर पाबन्दी न लगा दे।" बौंडी ने कहा, "ऐसा नहीं होगा। धर्म-ध्वज दल कारबूरेटर का विरोध कर रहा है और महज इसीलिए प्रगति दल कारबूरेटर का समर्थन करने लगा है। लुत्फ यह है कि कारबूरेटर के बारे में दोनों में से किसी को कुछ पता नहीं है! बड़ा बवाल मचा हुआ है। तू तो अखबार पढ़ता ही नहीं। यही तो मुसीबत है! पादरियों का खूब विरोध हो रहा है। बिशप लिण्डा परेशान हैं। उन्हें मैंने एक विशेषज्ञ के रूप में दैवी चमत्कार करने वाले कारबूरेटर के निरीक्षण के लिए बुलाया था। पूरे तीन घण्टे तक वह तहखाने में कारबूरेटर का मुआयना करते रहे और..."

"...उन पर भी तहखाने का देवता चढ़ गया!"

"बिल्कुल नहीं। या तो उनके लिए परमात्मा एक आये दिन का अनुभव बन चुका है या फिर वह हमारे-तुम्हारे से भी ज्यादा नास्तिक हैं!

जो हो उन्होंने कारबूरेटर के सामने शीश झुकाने से इनकार कर दिया। साफ कह दिया कि यह कारबूरेटर कोई विधि-सम्मत या धर्मसत्ता द्वारा प्रतिष्ठित भगवान नहीं है, इसलिए मैं धर्मसत्ता के प्रतिनिधि और सेवक के रूप में तहखाने के देवता को झूठा, नीतिविरुद्ध और धर्मच्युत ठहराने के लिए बाध्य हूँ! कुल मिलाकर बहुत जोरदार भाषण किया बिशप ने।

"तू क्या कह रहा है यार क्या सचमुच इस बिशप ने तहखाने में दैवी चमत्कार अनुभव नहीं किया।"

"चमत्कार होने की बात से तो उन्हें कोई इनकार नहीं, बस वह उसे दैवी मानने के लिए तैयार नहीं हैं।"

"तब वह इसकी व्याख्या कैसे करता है? इस चमत्कार का कारण क्या बताता है?"

"अरे वह एक ही घाघ हैं! कारण-वारण के चक्कर में नहीं पड़ते! उनका कहना है कि चर्च का काम कारण बताना नहीं सिर्फ यह निर्देश करना है कि यह करो और यह मत करो। अरे रूडी मैं तुझे बताना ही भूल गया मैंने वह सफेद पहाड़ की चोटी वाला गिरजाघर खरीद लिया है।"

"यह तुझे क्या सूझी।"

"आखिर उस तहखाने के देवता को खुश भी तो करना है! तेरे घर से सबसे नजदीक यही गिरजा था। गिरजे और आसपास की जमीन का करीब 22 लाख रुपया देना पड़ा। यह सारी जायदाद मैंने तहखाने वाले कारबूरेटर के नाम कर दी। दूर-दूर तक लोग इस कारबूरेटर की चपेट में आ रहे हैं। एक तार घर के बाबुओं पर तो कुछ ऐसा असर पड़ा कि वे जरूरी सन्देश छोड़ कर हर कहीं एक सन्देश भेजने लगे 'कि परमात्मा मानव-जाति का उद्धार करने के लिए पुनः अवतरित हो रहा है।' प्रगति दल के अखबारों ने इस सिलसिले में डाक-विभाग की कड़ी आलोचना करते हुए सम्पादकीय लिखे हैं। चारों ओर धार्मिकता की

लहर दौड़ रही है और किसी को इस बात का गुमान नहीं है कि यह सब तेरे कारबूरेटर की करतूत है।" फिर बौंडी ने मरेक की ओर झुक कर और स्वर कुछ नीचा करते हुए कहा, "पिछले हफ्ते तो इसने हमारे प्रतिरक्षा मन्त्री को ही धर लिया!" मरेक चीख उठा—"प्रतिरक्षा मन्त्री!"

बौंडी ने ओंठों पर अँगुली रख ली और फिर फुसफुसाया, "यह बातें जोर से करने की नहीं हैं! हुआ यह है कि रात को कारबूरेटर का असर हवा में उड़ता-उड़ता मन्त्री जी के बँगले तक पहुँचा और अगले सवेरे ही उन्होंने सेनापतियों का सम्मेलन बुला कर उन्हें अहिंसा का पाठ पढ़ाना शुरू कर दिया। प्रधान मन्त्री ने उनका इस्तीफा फौरन ही लिखवाया और मंजूर कर लिया। अखबारों को यह खबर दे दी गयी कि प्रतिरक्षा मन्त्री ने अस्वस्थ हो जाने के कारण त्याग-पत्र दे दिया है। प्यारे ये हैं तेरे कारबूरेटर के जल्वे!"

बौंडी इस सिलसिले में कुछ और कहना चाह रहा था कि तभी बिशप लिण्डा कमरे में दाखिल हुए। नाटे से थुलथुले शख्स, जिनकी चौड़ी नाक और चन्दी आँखें नाजुक-से सुनहरे चश्मे के भीतर अपनी सदाबहार मुसकानों को बसाए हुए थीं। बौंडी ने परिचय कराया तो बिशप ने तपाक से हाथ मिलाते हुए कहा, "अहोभाग्य जो आप के दर्शन हुए!" उधर मरेक के चेहरे पर कुछ ऐसा भाव आया कि बदकिस्मत हूँ जो आपकी सोहबत करनी पड़ रही है! बिशप ने चश्मा उतारा, रेशमी रूमाल से पोंछा और फिर पहन लिया। गला खँखार कर बोले, "मैं एक नाजुक मामला लेकर आप के पास आया हूँ, निहायत ही नाजुक। धर्म सभा में हम आपके, क्या कहना चाहिए, कारबूरेटर-काण्ड का विचार करते रहे। धर्माधीश महोदय की कामना यह है कि इस दुखद प्रसंग को किसी तरह चुपचाप समाप्त कर दिया जाये। यह चमत्कार-व्यापार हमारी दृष्टि में घोर धर्म-विरोधी है। मैं श्रीमान, क्या नाम आविष्कारक महोदय का दिल नहीं दुखाना चाहता, लेकिन... ।"

मरेक ने रूखे स्वर में कहा, "नहीं आप कहिए!"

"कहना मैं यह चाहता हूँ कि विवेक और आस्था दोनों की दृष्टि से कारबूरेटर जितना आपत्तिजनक शायद ही कोई यन्त्र हो सकता है क्योंकि यह प्रकृति के नियमों को भ्रष्ट करता है।"

"माफ कीजिए साहब," मरेक ने खीझ कर बिशप को टोका और कहा, "प्रकृति के नियमों में टाँग न अड़ाइए, हम भी तो आपके परमात्मा के नियमों में टाँग नहीं अड़ाते।"

बिशप ने मुस्कराते हुए कहा, "आप भ्रम में डूबे हुए हैं। परमात्मा के नियमों के बिना आपकी इस प्रकृति के नियम चल नहीं सकते! उनके अभाव में सारा ज्ञान विज्ञान शंकाओं का एक निरर्थक समूह होकर रह जाता है। तो आपको हमारी बात पर ध्यान देना होगा। हमारा निर्णय यह है कि कारबूरेटर धर्मसत्ता के विरुद्ध है, धर्म नियमों से अनभिज्ञ है, धर्म शास्त्र के मामले में कोरा है। इसीलिए चर्च इसको नितान्त आपत्तिजनक मानता है।"

बौंडी ने सुलह-सफाई कराने के अन्दाज में कहा, "देखिए, आपको यह तो मानना होगा कि अब तक हमारे कारबूरेटर ने कोई आपत्तिजनक काम नहीं किया है!"

चेतावनी की मुद्रा में तर्जनी उठाते हुए बिशप महोदय बोले, "ठीक है, लेकिन आगे का क्या भरोसा? देखिए श्रीमान आपके और हमारे दोनों के हित में यह आवश्यक है कि इस कारबूरेटर के कारण कोई अप्रिय घटना न हो। आप तो व्यापारिक-व्यवसायी आदमी हैं, आप स्वयं ही इस मामले को जल्दी-से-जल्दी सुलझाना चाहेंगे आप भी नहीं चाहेंगे कि किसी नये ईश्वर या धर्म के उदय की कोई आशंका शेष रहे।"

बौंडी ने राहत की साँस लेते हुए कहा, "बस इतनी सी बात! तब तो समझौता जरूर हो जायेगा।"

बिशप की आँखें खुशी से चमक उठीं, बोले, "अब की न आपने

समझदारी की बात! धर्म सभा समझौते के लिए प्रस्तुत है। उसने निर्णय किया है कि वह आप के इस परमा...कारबूरेटर को अपने संरक्षण में ले लेगी और उसे वर्तमान धार्मिक व्यवस्था में खपा देने का प्रयास करेगी। धर्म-सभा कारबूरेटर वाले गिरजाघर को चमत्कारी तीर्थ घोषित करने को तैयार है।"

मरेक का चेहरा गुस्से से तमतमा उठा और वह उठ खड़ा हुआ।

"जरा सुनिए तो!" बिशप ने उसे इशारे से रोकते हुए अपनी बात जारी रखी, "तो हम उस गिरजाघर को तीर्थ घोषित कर देंगे लेकिन हमारी कुछ शर्तें रहेंगी। पहली यह कि कारबूरेटर से परमात्मा का सृजन न्यूनतम मात्रा में किया जाय। और वह परमशक्ति बहुत ही क्षीण, बहुत ही शीलवान हो। यानी हम यह चाहेंगे कि आप कारबूरेटर से बनने वाले परमात्मा को कुछ इस तरह पतला कर दें कि वह हमारे काबू में रह सके और हम उससे वर्ष-दो वर्ष में एकाध चमत्कार दिखवा कर लोगों की आस्था बनाये रख सकें।"

"ठीक है," बौंडी ने सहमत होते हुए कहा, "और कोई शर्त।"

"जी हाँ!" बिशप बोले, "हम यह चाहेंगे कि कारबूरेटर में केवल स्वान्तोविच खान का कोयला इस्तेमाल किया जाये क्योंकि इसके पास माता मरियम का एक पुराना तीर्थ-स्थल है। तब हम कारबूरेटर के चमत्कार का सम्बन्ध माता मरियम से जोड़ सकेंगे।"

"बस न। यह सब हो जायेगा!" बौंडी ने बहुत इत्मीनान से कहा।

लेकिन बिशप ने तभी तीसरी शर्त सामने रखी और कहा, "आप लोग इसके अलावा और कोई कारबूरेटर न बना सकेंगे, न चला सकेंगे।"

बौंडी ने गुस्से में चीख कर कहा, "यह क्या बकवास है। हमने जो कारबूरेटर बनाने का कारखाना खोला है उसका क्या होगा? हमने तो साल भर में 10 हजार कारबूरेटर बनाने की तैयारी पूरी कर ली है!"

बिशप मन्द मुसकराये और मीठे स्वर में बोले, "आप चाहें तो बना

लीजिए लेकिन मैं आपको विश्वास दिलाना चाहता हूँ कि एक साल बाद एक भी कारबूरेटर इस संसार में नहीं होगा।"

"क्यों भला," मरेक को एतराज हुआ।

"इसलिए कि नास्तिक हो या आस्तिक, कोई भी मनुष्य किसी यथार्थ और सक्रिय परमात्मा को बरदाश्त कर नहीं सकता।"

मरेक मेज पर मुट्ठी मार कर चीखा, "धर्म कारबूरेटर का जितना विरोध करेगा विज्ञान उसका उतना ही समर्थन करेगा। मैं कहता हूँ कारबूरेटर जिन्दाबाद! कारबूरेटर की जय हो।"

बिशप गम्भीर होकर बोले, "तो देख लीजिएगा, कारबूरेटर जय ही आपकी सभ्यता के क्षय का कारण बनेगी। चर्च परमात्मा को इस धरा पर उतारने की दम्भपूर्ण मूर्खता नहीं करता। वह तो उसकी सत्ता को नियमित और नियन्त्रित करना ही पर्याप्त समझता है। और आप तो नास्तिक हैं कि परमात्मा की बाढ़ को बुलवा भेज रहे हैं। चर्च का जहाज तो किसी तरह इन थपेड़ों को सह जायेगा, लेकिन आपकी सभ्यता का बेड़ा गर्क होकर रहेगा।"

बोर्ड की बैठक में हंगामा

"सज्जनो," अध्यक्ष बौंडी ने गला खँखार कर अपनी कम्पनी के संचालक-मण्डल की बैठक में लिखित भाषण पढ़ना शुरू किया, "मुझे यह सूचना देते हुए हार्दिक प्रसन्नता होती है कि कारबूरेटर के निर्माण के लिए हम जो नयी फैक्टरियाँ स्थापित कर रहे हैं उनमें से एक तैयार हो चुकी है और उसमें उत्पादन शुरू कर दिया गया है। कुछ ही महीनों में यह कारखाना प्रति दिन 200 कारबूरेटर तैयार करने लगेगा। फैक्टरी तक कोयला पहुँचाने के लिए हमने नयी पटरियाँ बिछाई हैं और फैक्टरी चलाने के लिए बायलर भट्ठियों की व्यवस्था कर दी गयी है।"

संचालक-मण्डल में बौंडी के प्रमुख विरोधी डॉ. हुब्का ने भवें तानते हुए कहा, "कोयला लाने के लिए पटरियाँ! फैक्टरी चलाने के लिए बायलर भट्ठियाँ! मैं अध्यक्ष महोदय से पूछना चाहता हूँ कि क्या वह यही कह रहे हैं या मेरे सुनने में कुछ भूल हो रही है?"

"नहीं आपने बिल्कुल ठीक सुना।" बौंडी ने बात आयी-गयी करने

के अन्दाज में कहा, "इतने बड़े कारखाने को चलाने के लिए यह व्यवस्था तो जरूरी है ही।"

डॉ. हुब्का के होंठों पर विद्रूप भरी मुस्कान खेल गयी। सिर हिलाते हुए बोले, "हाँ साहब सो तो है! बड़े कारखाने की हर बात बड़ी! मेरी तो जी बस एक छोटी-सी जिज्ञासा थी। वह यह कि अगर यह कारबूरेटर मुट्ठी भर कोयले से महीनों तक चलता रह सकता है तो क्या वजह है कि कारबूरेटर बनाने के इस कारखाने को आप कारबूरेटर से ही नहीं चला रहे हैं? यह पुराने ढंग की भट्ठी-वट्टी का क्या सिलसिला है? सज्जनो! मेरे इस सवाल का कोई सन्तोषप्रद उत्तर अध्यक्ष महोदय के पास है नहीं। ऐसे उत्तर के अभाव में अगर मैं इस सारी कारबूरेटर योजना को धोखाधड़ी समझूँ तो क्या गलत है? जरा सोचिए अगर हम खुद अपने कारखाने में कारबूरेटर से काम नहीं लेते तो भला हम किस मुँह से और लोगों से यह कहेंगे कि कारबूरेटर इस्तेमाल करो। हमारा धन्धा चलेगा कैसे? इस तरह तो हमारा रुपया डूब जायेगा।" इतना कहकर डॉ. हुब्का धप्प से फिर कुर्सी पर बैठ गये और एक विजय भरी दृष्टि संचालक-मण्डल के सदस्यों पर डाल कर उन्होंने रूमाल में नाक कुछ इस तरह सिनकी मानो अपना जयघोष कर रहे हों।

संचालक-मण्डल में सन्नाटा छा गया। फिर मण्डल के वयोवृद्ध सदस्य रासेन्थाल ने गिड़गिड़ाती हुई-सी आवाज में कहा, "मेरे ख़याल से मेरा विचार है, मैं समझता हूँ मेरा मतलब है, आपस में झगड़ना ठीक नहीं यानी हमारे अध्यक्ष जी जरूर ही इस सवाल का कोई जवाब दे देंगे। जानते होंगे, मेरा मतलब है जानकार हैं, हमारी भलाई यानी हमारा भला, मेरा मतलब है डॉ. हुब्का यानी मैं कहना चाहता हूँ सबसे मेरा मतलब है धीरज से काम लेना चाहिए।"

अध्यक्ष बौंडी ने, जो अब तक रोब के पुतले बने हुए छत को ताक रहे थे, सदस्यों की ओर दृष्टिपात करते हुए कहा, "इजाजत हो

तो मैं अपना बयान जारी रखूँ। जहाँ तक इस बेबुनियाद एतराज का सवाल है, मैं आपका ध्यान विशेषज्ञों की उस रिपोर्ट की ओर दिलाना चाहूँगा जिसकी प्रति आपको भेजी जा चुकी है और जिसमें कारबूरेटर कारगर बताया गया है। आप जानते ही हैं इस समय छोटे-बड़े सात कारखाने हमारे कारबूरेटरों से चल रहे हैं। आठवाँ कारबूरेटर अभी हाल में नयी मण्डी की इमारत के एयर-कंडीशनर में लगाया गया है। इस इमारत के मालिक श्री माशात जी, यहाँ मौजूद हैं, मैं उनसे अनुरोध करूँगा कि कारबूरेटर की सफलता के विषय में सदस्यों को आश्वस्त करें। आइए माशात जी।"

माशात जी योग निद्रा में लीन थे! जब दो-चार बार उनका नाम पुकारा गया तब अचकचा कर उठे और बोले, "जी, मुझसे कुछ कहा?"

बौंडी ने स्वर में मिठास घोलते हुए कहा, "जी हाँ, मैं आप से ही अनुरोध कर रहा था कि सदस्यों को यह बताएँ कि आपकी इमारत में कारबूरेटर की मदद से एयरकंडीशनर कैसा चल रहा है?"

"इमारत" माशात जी ने चौंकते हुए फरमाया, "कौन-सी इमारत?" बौंडी ने स्वर में कुछ और मिठास घोली, "अजी वही जो आप ने नयी मण्डी में खड़ी की है।"

"मैंने खड़ी की है। मेरी इमारत!" माशात जी ने योगनिद्रा की ओर लौटते हुए कहा, "इस असार संसार में मैं और मेरी वाली बातें तो पाप का बोझ बढ़ाती हैं। मेरी तो अब कहीं भी कोई इमारत नहीं है। मेरा तो जो भी कुछ था मैंने गरीबों में बाँट दिया। मैं और मेरे परिवार वाले सब अज्ञान से उबर गये हैं। हमने अपना सब कुछ उस परम पिता के चरणों में समर्पित कर दिया है। मेरी बेटी ऐलन, जो कभी भोग-विलास में डूबी रहती थी, अब गरीबों की तरह रहती है और गरीबों की सेवा करती है। मेरा प्रस्ताव है कि यह कम्पनी भी गरीबों के नाम कर दी जाये।"

बौंडी ने देखा कि मामला काबू से बाहर हो रहा है। इसलिए उसने माशात को टोकते हुए कहा, "हम तो सिर्फ यह जानना चाहते थे कि कारबूरेटर आपके यहाँ कैसा काम दे रहा है। अच्छा मैं अपना बयान जारी रखता हूँ।"

लेकिन बयान जारी नहीं रखा जा सका क्योंकि माशात कारबूरेटर की दिव्य ऊष्मा का ही राग अलापे गये डॉ. हुब्का यही कहते रहे कि कारबूरेटर बनाने वाला कारखाना कारबूरेटर से क्यों नहीं चलाया जा रहा है, और वयोवृद्ध रासेन्थाल मेरा मतलब है मेरा मतलब है की माला जपते हुए मतलब की एक बात कह ही गये कि संचालक-मण्डल के हर सदस्य को एक-एक कारबूरेटर आजमाइश के लिए दिया जाये। किसी तरह स्थिति पर काबू पाकर बौंडी ने कहा कि कुछ गोपनीय बातें ऐसी हैं जिनके कारण कारबूरेटर का अपने कारखाने में इस्तेमाल करना तथा सदस्यों को कारबूरेटर देना ठीक नहीं होगा। इस पर डॉ. हुब्का ने घोर आपत्ति की और रासेन्थाल ने "बौंडी भाई मैं तुम्हारे पक्ष में हूँ मुझे ही एक छोटा कारबूरेटर दिलवा दो" की रट लगा दी।

बौंडी ने चीख कर कहा, "आप सज्जनों को कारबूरेटर की फैक्टरी की कामयाबी के बारे में शक है तो आप इससे अलग हो जाइए! मैं सारे शेयर खरीदने के लिए तैयार हूँ। अब तक जो खर्चा हुआ है वह सब मैं खुद भर दूँगा।"

इस पर डॉ. हुब्का ने फौरन उठ कर कहा, "यह धोखाधड़ी नहीं चलेगी। आप का क्या मतलब है। कारबूरेटर से जो करोड़ों का मुनाफा हो वह आप ही के पास जाये। हम इतने बेवकूफ नहीं हैं।"

डॉ. हुब्का शायद कुछ और कहते लेकिन तभी माशात ने जोर-जोर से भजन शुरू कर दिया। बौंडी ने मौके से फायदा उठाते हुए बैठक स्थगित करने का प्रस्ताव रख दिया। डॉ. हुब्का ने फौरन कहा कि हमारे बुजुर्ग सदस्य रासेन्थाल का प्रस्ताव आ चुका है कि हर संचालक

को एक छोटा कारबूरेटर आजमाइश के लिए दिया जाये। जब तक अध्यक्ष इस प्रस्ताव को मान न लें तब तक बैठक स्थगित नहीं की जा सकती। बौंडी ने पहले तो इस प्रस्ताव का विरोध करना चाहा लेकिन फिर कन्धे झटका कर और गहरा निःश्वास छोड़ कर कह दिया, “जैसी आपकी मर्जी।”

अजब तेरी माया

और लन्दन के स्टॉक एक्सचेंज में?

"वहाँ हमारी कम्पनी के शेयर का भाव एक दिन में ही दुगना हो गया है!"

"बहुत खूब!"

"आविष्कारक मरेक को नोबेल पुरस्कार देने का प्रस्ताव हुआ है।"

"बहुत खूब!"

"जर्मनी, जापान, रूस, अमेरिका, हर कहीं से कारबूरेटर की माँग आ रही है। अब तक हम कोई 13,000 आर्डर बुक कर चुके हैं।"

"बहुत खूब!"

"कारबूरेटर चालित मोटर कार, हवाई जहाज, रेलगाड़ी, जहाज। कृषि-यन्त्र वगैरह के लिए भी बराबर बड़े पैमाने पर आर्डर आ रहे हैं।"

"बहुत खूब! और हमारे अस्त्र विभाग की क्या प्रगति है?"

"परमाणु अस्त्रों की पहली खेप जल्द ही तैयार हो जायेगी!"

"बहुत खूब! और कोई खबर?" बौंडी ने बुझे हुए चुरट को फिर जलाते हुए मैनेजर से सवाल किया। "जी हाँ; रकीबों की हालत खस्ता है। संसार की सभी कम्पनियाँ हमारी कम्पनी के साथ गठ-जोड़ करने के लिए तैयार हैं। क्रप्स वाले तो हमारे पुराने शेयर किसी भी भाव खरीदने के आदेश अपने दलालों को दे चुके हैं!"

"और हमने जो नये शेयर जारी किये थे?"

"जितने जारी किये थे उससे 35 गुनी माँग आयी। हर कहीं कारबूरेटर की चर्चा है। रोज हमारे जनसम्पर्क विभाग में अखबारों की कारबूरेटर सम्बन्धी कतरनों से भरे ट्रक पहुँच रहे हैं। कोयला व्यवसाय में खलबली मची हुई है। खानें धड़ाधड़ बन्द हो रही हैं खनिज तेल के उत्पादक देशों की अर्थ-व्यवस्था हिल गयी है। पेंसिलवानिया के तेल-कुओं को कोई आर्डर नहीं मिल रहे हैं। वहाँ पड़े हुए तेल के गोदामों में आग लग जाने से हाहाकार मच गया है। आग भी भड़क रही है।"

"आग अब भी भड़क रही है," बौंडी ने स्वप्निल स्वर में कहा, "कारबूरेटर के करिश्मे की लपटें दूर-दूर तक फैल रही हैं।"

"स्टॉक-एक्सचेंजों में हड़बड़ी मची हुई है। बड़े-बड़े रईस चुटकियों में रंक हुए जा रहे हैं। कई उद्योगपतियों ने आत्महत्या कर ली है। कई देशों में संसद के आपातकालीन अधिवेशन किये जा रहे हैं। हमारा कारबूरेटर न हुआ, एक क्रान्ति हो गयी।" कम्पनी के अध्यक्ष और मैनेजर ने एक-दूसरे की ओर भाव-विभोर होकर देखा। उनमें से कोई भी कवि नहीं था लेकिन उस क्षण दोनों एक नितान्त काव्यात्मक अनुभूति से बँधे हुए थे।

मैनेजर को जैसे तभी कुछ ख़याल आया, बोला, "और साहब हमारे संचालक-मण्डल के तो सभी सदस्य बिल्कुल संन्यासी हो गये हैं। जबसे उनके घरों में छोटा कारबूरेटर लगा है तबसे धर्म-चर्चा और भजन-कीर्तन के सिवा और कुछ करते ही नहीं अब तो सब काम आप ही को देखना

होगा। उनके जिम्मे कुछ छोड़ेंगे तो सारी कम्पनी ही दान कर देंगे।"

"हे भगवान यह क्या हो रहा है!"

"अजी हो तो बहुत कुछ रहा है। देश-विदेश में धार्मिकता की लहर दौड़ गयी है। आपने नहीं सुना कल चक्रवृद्धि बैंक के अधिकारियों ने सारा पैसा गरीबों में बाँट दिया।"

बौंडी ने पूछा, "क्या वहाँ भी अपना कारबूरेटर लगाया गया था?"

"जी हाँ, एयर कंडीशनर के लिए।"

"अब फौरन ही यह आदेश जारी कीजिए कि बैंकों को कारबूरेटर न बेचे जायें।"

"अब तक तो सभी बैंकों में कारबूरेटर वाले एयर-कंडीशनर लग चुके हैं! बैंकों में ही नहीं; सभी सरकारी महकमों और संसद-भवन में भी। राजधानी के लिए कारबूरेटर से चलने वाला नया और बड़ा बिजली घर तैयार किया जा चुका है। परसों उसका उद्घाटन है। राष्ट्रपति, नगरपाल सभी आयेंगे और आप तो खैर जायेंगे ही कम्पनी की ओर से।"

"नहीं, नहीं मैं नहीं जाऊँगा! किसी और को भेजना।"

"भेजें किसे साहब और तो सब धार्मिकता के खब्त में डूबे हुए हैं! आप ही को जाना होगा। तमाम विदेशी राजदूत तक तो वहाँ आयेंगे और हमारी कम्पनी की ओर से कोई नहीं जायेगा, यह बहुत बुरा मालूम होगा।"

"तो मैं ही जाऊँगा!" बौंडी ने निहायत ही शहीदाना अन्दाज में ऐलान किया।

परमात्मा का पोत

नदी पर वह छोटा-सा जहाज शाम की खामोशी से लिपटा हुआ खड़ा था। एक नाव हौले-हौले उसकी ओर बढ़ रही थी। जहाज के मालिक उजेन्दा ने कहा, "शायद कोई हमारे पास आ रहा है।"

उसका सहायक ब्रीच बोला, "एक नहीं, दो जने हैं। शायद वही प्रेमियों का जोड़ा।"

"संझा वेला है और भी भगत लोग आते होंगे। मैं जरा चाय-चबैने का प्रबन्ध कर लूँ।" यह कहकर उजेन्दा नीचे जहाज की इंजन-कोठरी में चले गये।

संझौती के लिए भक्तजनों की भीड़ लगने लगी। ब्रीच ने सबका स्वागत किया। पहली नाव से उनका चिर-परिचित प्रेमी युगल पहुँचा। दूसरी नाव से हूदेक नामक एक अपरिचित आया। फिर एक बाबू आये। उनके साथ रेंजर साहब थे जिनका इस गोष्ठी में आने का यह पहला अवसर था। जब काफी भक्तजन आ गये तब ब्रीच ने सब लोगों से बैठ जाने को कहा और

घोषणा की कि उजेन्दा चाय-चबैने की व्यवस्था कर रहे हैं। जलपान के बाद सभा आरम्भ होगी। इस सभा में पहली बार आये हुए लोगों को पुराने भगत इस चमत्कारी जहाज और मालिक के बारे में बताने लगे। उन्होंने सूचना दी कि उजेन्दा पहले एक भ्रष्ट राजनीतिक नेता था और ब्रीच भी अव्वल दर्जे का ऐयाश था। फिर इन दोनों पर कुछ ऐसी कृपा हुई प्रभु की कि ये न सिर्फ सुधर गये बल्कि अपने चमत्कार से औरों को भी सुधारने लगे। इनकी गोष्ठी में जो भी आता है उसे परमात्मा का प्रसाद प्राप्त हो जाता है। रोगियों के रोग और दुखियों के दुख दूर हो जाते हैं। तन्दूर वाले का पुराना दमा ठीक हो गया। यह खुसर-पुसर चल ही रही थी कि ब्रीच ने कहा, "जरा शान्त हो जाइए! धर्मसेवक उजेन्दा जी आ रहे हैं।"

सब लोगों की निगाहें नीचे से डैक की ओर आने वाली सीढ़ियों के ऊपरी सिरे की ओर मुड़ गयीं। थोड़ी देर बाद एक दढ़ियल चेहरा प्रकट हुआ जिस पर पसोपेश भरी मुस्कान विराजमान थी। ऐसा प्रतीत हो रहा था उजेन्दा किसी कष्ट में है। अपने दोनों हाथों पर उन्होंने चाय की प्याली और चबैने की तश्तरियों से लदे हुए थाल थाम रखे थे, फिर लोगों ने गौर किया कि उजेन्दा के हाथ ही नहीं, पाँव भी किसी भी चीज पर टिके हुए नहीं हैं। उन्हें एकाएक यह हैरतअंगेज अहसास हुआ कि धर्मसेवक उजेन्दा बाकायदा उड़ रहे हैं! उजेन्दा ऊपर और ऊपर उठते ही गये और सभा में आये हुए लोगों के मुँह और-और ज्यादा खुलते ही गये। उजेन्दा मानो धरती पर वापस लौटने के लिए छटपटा रहे थे लेकिन उनके पाँव जमीन पर टिक नहीं पा रहे थे। उड़ते-उड़ते ही वह सभा में पहुँचे। ब्रीच ने बढ़कर उनके हाथों से थाल लिए और भक्तजनों में चाय-चबैना बाँट दिया।

जलपान के बाद उजेन्दा ने; जो ज्यों के त्यों अधर में लटके हुए थे, अपनी बड़ी-बड़ी मगर बुझी-बुझी आँखें खोलीं और कहा, "भाइयो

और बहनो परम पिता की असीम अनुकम्पा से मेरे इस पोत को परम शान्ति का प्रसाद मिला है जिसे ग्रहण करने और आपस में बाँटने के लिए हम यहाँ एकत्र होते हैं। हम जादू-मन्तर और टोना-टोटका करने वालों की तरह यह नहीं कहते कि जो अनास्थावान हों, वे सभा से चले जायें। हमारा दृढ़ विश्वास है कि हमने उस आस्था को पा लिया है जिससे कोई अछूता रह नहीं सकता। हमारी सभा में रोज कुछ न कुछ लोग इस तरह के आते हैं जिन्हें परम पिता के चमत्कारों में कोई आस्था नहीं। लेकिन उन्हें शीघ्र ही पता चल जाता है कि उनकी अनास्था भी उस ऊपर वाले की निगाहों से छिपी हुई नहीं है। आज की सभा में भी कुछ इस तरह के लोग आये हुए हैं। उदाहरण के लिए हमारे हुदेक भाई परमात्मा को एक मनगढ़न्त कल्पना और धर्म को परले दर्जे की बेवकूफी मानते रहे हैं। क्यों है न यही बात? हुदेक भाई आपने जिस तरह से अपनी, विधवा भाभी की जायदाद खसोटी है उससे परम पिता अपरिचित नहीं है। और रेंजर साहब आप तो यहाँ सिर्फ यह सुन कर आये हैं कि हमारी सभा में काफी स्त्रियाँ भी आती हैं। आपकी शराबखोरी और घूसखोरी का तथा गाँव की औरतों से आपके अत्याचार की खबर आपके अधिकारियों को भले ही न हो लेकिन जो हम सबका अधिकारी है उसके यहाँ आपका एक-एक जुर्म दर्ज है। खैर भगवान चाहेगा तो आपका भी उद्धार हो सकेगा। हुदेक भाई आपके मन में यह बात उमड़ रही है कि किसी तरह यहाँ से खिसक जायें। और रेंजर साहब आप सिगरेट सुलगाने के लिए बेचैन हो रहे हैं। आप लोग संकोच न कीजिए परमात्मा के इस पोत पर सबके लिए पूरी छूट है।”

हुदेक और रेंजर दोनों का सिर शर्म से झुक गया। उजेन्दा ने आगे कहा, “भाइयो और बहनो, धर्म की खिल्ली उड़ाना बहुत आसान है। आस्था को अन्धविश्वास बताना बहुत आसान है। लेकिन असलियत

यह है कि जो परमात्मा को धोखा समझता है वह अपने से जबरदस्त धोखा करता है। कभी मैं भी अनास्थावान था, पापी था, स्वार्थी था, लेकिन जबसे मैंने अपने इस जहाज, जो कभी मेरे अय्याशियों का अड्डा रहा था, कारबूरेटर लगवाया तब से मुझमें और मेरे सहायक ब्रीच में एक आश्चर्यजनक परिवर्तन हो गया। कारबूरेटर स्वयं परमात्मा का चमत्कार है और इसकी मौजूदगी में हमने एक-से एक आश्चर्यजनक बात होती हुई देखी है। जरा गौर कीजिए हमारा जहाज भी पानी से ऊपर उठा हुआ है।

डेक की मुँडेर पर बैठे लोगों की निगाह नीचे की ओर गयीं। जहाज सचमुच पानी से ऊपर उठा हुआ था।

उजेन्दा ने अपना प्रवचन जारी रखा, "भाइयो, पुराणों में हम पढ़ते हैं कि परमात्मा एक-से एक विचित्र रूप धर कर इस धरा पर अवतरित हुआ। तो क्या आश्चर्य जो विज्ञान के इस युग में वह इस चमत्कारी यन्त्र का रूप धरकर हमारे बीच आया है। यह परमात्मा हमसे कुछ कहता नहीं, लेकिन इसकी उपस्थिति में हमें स्वयं ही यह प्रतीत होता है कि राजनीति, अर्थपिपासा, बौद्धिक दर्प, स्वार्थ और अहंकार ये सब धर्म-विरोधी हैं। परमात्मा यही चाहता है कि हम माया-मोह से मुक्त होकर सच्चिदानन्द को प्राप्त हों। भाइयो और बहनो, धर्मोपदेश का यह क्रम अब टूटने वाला है क्योंकि मुझे ऐसी प्रतीति हुई है कि पुलिस के दो अधिकारी हमारी इस सभा को अवैध घोषित करने के लिए पहुँचने ही वाले हैं।"

उजेन्दा की बात अभी पूरी हुई भी नहीं थी कि दूर से चप्पू चलने की आवाज सुनाई देने लगी। कुछ ही देर में पुलिस के दो अधिकारी आ पहुँचे, उनमें से एक ने कड़क कर पूछा, "तुममें से उजेन्दा कौन है?"

"मैं हूँ, कहिए क्या काम है!" उजेन्दा ने अपनी बाँहें सीने के आर-पार रख कर कहा, और फिर पुलिस अधिकारियों के सिर से भी

दो फुट ऊपर उठ कर अधर में अवस्थित हो गया। पुलिस वालों के मुँह से कोई बोल फूट नहीं पाया और वे भौचक्के रह गये। उजेन्दा ने कहा, "आओ भगवान के प्यारो, मेरे पास आओ! डरो मत!" यह कह कर उसने अपना हाथ पुलिस अधिकारियों की खोपड़ी पर छुआ दिया और दोनों अधिकारी भी जमीन से उठ कर हवा में लटक गये। उजेन्दा ने आशीर्वाद देने की मुद्रा बनाई और कहा, "डरिए मत इंस्पेक्टर साहब, डरिए मत सुपरिंटेंडेंट साहब, यह आपकी कोतवाली नहीं यह तो परमात्मा का घर है, यहाँ तो प्यार का दरबार है। साथियो, निर्भय होकर उसके गुण गाओ।" उजेन्दा ने एक भजन शुरू किया और पुलिस के इंस्पेक्टर और सुपरिंटेंडेंट ने, हुदेक और रेंजर ने स्वर में स्वर मिलाया।

राष्ट्रपति की तबीयत कुछ नासाज थी

राजधानी के समाचार-पत्र 'दैनिक जनता' के नगर संवाददाता सिरिल केवाल ने झटपट बन्द गले के कोट वाला अपना एकमात्र सूट पहना और बटन लगाते-लगाते ही कार की ओर लपका। आज उसे फिर भूला-बिसरा साहित्य-सर्जन याद हो आया था और अपने पुराने गीतों को नयी कविता का रूप देने के चक्कर में दफ्तर का काम-काज भुला बैठा था। कविता में उसने 'उद्घाटन' शब्द जो लिखा तो सहसा कहीं दिमाग में अलार्म घंटी बजी थी—अरे, आज तो कारबूरेटर बिजली घर के उद्घाटन में पहुँचना था। छह बजे का न्योता था और पौने छह तो बज ही चुके थे। सो उसने फौरन साहित्य से संन्यास लेकर जाने की तैयारी कर डाली थी। उसका पाँव बराबर एक्सलेटर पर जमा रहा तो भी कुछ देर हो ही गयी। सब लोग पहुँच चुके थे, बड़ी भीड़ थी, लेकिन जैसा कि इस तरह के सरकारी आयोजनों में अक्सर हुआ ही करता है—मुख्य अतिथि का अब भी इन्तजार हो रहा था।

क़ैद से छूटा हुआ परमात्मा

पत्रकार-दीर्घा में कारबूरेटर-बिजलीघर की चर्चा चल रही थी। सभी पत्रकारों के पास इस बिजलीघर के बारे में कुछ असली भेद की बातें थीं, जिन्हें वे अलां या फलां मन्त्री महोदय के आग्रह के कारण छाप सकने में असमर्थ थे। केवाल ने भी दूर की हाँकी, "मुझे बहुत विश्वस्त सूत्रों से मालूम हुआ है कि सारे नगर में और नगर के आसपास जमीन के नीचे कारबूरेटरों के जाल बिछाए जा रहे हैं, यह बिजलीघर भी जो आप देख रहे हैं, नकली है। असली बिजलीघर तो जमीन के नीचे है। जगह-जगह ऊपर पार्क या खेल के मैदान बना दिये गये हैं और नीचे कारबूरेटर केन्द्र, आपने गौर नहीं किया। इधर जहाँ देखिए, वहाँ सड़कें खोदी जा रही हैं, यह सब इसी चक्कर में हैं। मैं तो यह खबर छाप भी देता मगर प्रतिरक्षा मन्त्री ने इसे रोक लेने के लिए बहुत जोर दिया।"

वयोवृद्ध पत्रकार च्वानचारा को हँसी आ गयी, बोले—"भई, और तो हम नहीं जानते, सड़कों का रहस्य तो ठेकेदारों की तिजोरियों में बन्द है। अगर इसे ही तुम जमीन के नीचे कारबूरेटर का जाल बिछाये जाने का संकेत मानते हो तो यही कहना पड़ेगा कि पिछले चालीस वर्ष से राजधानी में जमींदोज कारबूरेटर ही लगाये जा रहे हैं।"

तभी मुख्य अतिथि पधारे और सभा में हलचल-सी मच गयी। पत्रकार केवाल अपना स्थान एक लड़की को दे चुका था और अब उसने पाया कहीं पर बैठने की जगह नहीं है और फिर अगर वह पत्रकार दीर्घा में नहीं बैठा तो नोट लेना मुश्किल हो जायेगा। एक बार उसके मन में आयी घर लौट जाये और रात को कार्यालय में जाकर एजेंसी रिपोर्ट के आधार पर 'अपना विशेष संवाद' तैयार कर डाले। फिर उसे यह सूझी कि इमारत के पिछवाड़े से जाकर सभा की कार्यवाही क्यों न देखे।

केवाल को पिछवाड़े एक खिड़की खुली मिल गयी और पंजों के बल खड़ा होकर वह उसमें से सभा मंच देख सका।

क़ैद से छूटा हुआ परमात्मा

सबसे पहले नगरपाल का भाषण हुआ। मंच पर उपस्थित लोगों के चेहरों पर ऊब पुत गयी। नगरपाल अपने को साहित्यिक-सांस्कृतिक हस्ती मानते थे, इसलिए हर अवसर पर लम्बा लिखित भाषण पढ़ने का उन्हें मर्ज था। और सभी भाषणों में वह देश के गौरवमय इतिहास और देश की गौरवमयी प्राचीन संस्कृति की विस्तार से चर्चा करना नहीं भूलते थे। इसके अतिरिक्त भूत, वर्तमान और भविष्य तीनों के सत्ताधारी व्यक्तियों की वन्दना कर देना भी वह भाषण का अनिवार्य अंग मानते थे। केवाल खिड़की से हट गया और पिछवाड़े के लॉन में चहलकदमी करने लगा। 15-20 मिनट बाद उसने उचक कर खिड़की से फिर झाँका। नगरपाल अब भी 'हमारे' पूर्वजों के पुण्य कृत्यों की चर्चा कर रहे थे। मंच पर बैठे लोग बेचैन होने लगे थे। अँधेरा तेजी से घिर रहा था और समय आ गया था कि राष्ट्रपति महोदय बटन दबा कर नये बिजलीघर का उद्घाटन करते। लेकिन नगरपाल अभी अपने ऐतिहासिक सर्वेक्षण में मध्ययुग तक ही पहुँच पाये थे। मंच पर बैठे लोग खाँसने, खँखारने और एक-दूसरे से फुसफुसा कर बातें करने लगे तो नगरपाल कुछ चौंके। उन्होंने गौरवमय मध्ययुग को अधर में लटका छोड़कर उत्साहवर्धक आधुनिक युग को पकड़ा और इस युग के अन्तर्गत हमारे परमपूज्य राष्ट्रपति जी की पुनीत पावन सेवाओं का ब्योरा देना शुरू किया। बोलते-बोलते उनकी आवाज थक गयी और उन्होंने सामने मेज पर रखा हुआ पानी का गिलास उठाया। सार्वजनिक निर्माण-मन्त्री ने इस सुअवसर से लाभ उठाते हुए फौरन खड़े होकर 'मेरे अजीत दोस्त' नगरपाल जी, का धन्यवाद करना शुरू कर दिया और नगरपाल जी को मजबूर होकर बैठ जाना पड़ा। मन्त्री महोदय समझ रहे थे कि राष्ट्रपति जी को बहुत ऊब हो रही होगी, इसलिए उन्होंने अपना लिखित और प्रचारित भाषण अलग रख कर तीन-चार वाक्यों में अपनी बात कह दी। इस बीच सामने पंक्तियों में बैठे हुए

कई गण्यमान्य अतिथि बाकायदा खर्राटे भरने लगे। कारबूरेटर कम्पनी के अध्यक्ष बौंडी ने "इस महान अवसर पर मुझे शब्द थोथे जान पड़ रहे हैं और मेरी वाणी मूक होती जा रही है।" यह कह कर संक्षिप्ततम भाषण का नमूना पेश किया। अब राष्ट्रपति जी की बारी थी वह कुछ नहीं बोले, बस उठकर उन्होंने बटन दबा दिया और बटन के दबते ही सारी राजधानी बिजली की तेज रोशनी में नहा गयी। जनता ने जयकार किया। देवालयों में घंटे-घड़ियाल बजाये जाने लगे। किले से तोपों की सलामी दागी जाने लगी। अतिशबाजियाँ छोड़ी जाने लगीं। केवाल ने अपनी निगाहें आतिशबाजियों से हटा कर भीतर सभा-मंच पर डालीं तो वह स्तब्ध रह गया। तभी अध्यक्ष बौंडी खस्ताहाल पिछवाड़े के दरवाजे से भागते हुए नजर आये। केवाल ने उन्हें रोका और पूछा—"बौंडी साहब, यह भीतर क्या हो रहा है?"

"बस कुछ मत पूछो! यहाँ से तुम भी भाग निकलो!"

"अजी साहब कुछ बताइए तो उन्हें हो क्या गया है?" केवाल ने बौंडी का हाथ पकड़ कर पूछा, लेकिन बौंडी हाथ छुड़ा कर भाग निकले। केवाल को कँपकँपी-सी छूट गयी। उसे सनसनीखेज खबरों की तलाश रहती थी मगर इतनी सनसनीखेज खबर उसे ऐसे औपचारिक समारोह में मिलेगी, इसकी कोई आशा नहीं थी।

कुछ दिन बाद सूचना-मन्त्री की ओर से सूचना मन्त्रालय ने एक विज्ञप्ति जारी की, "एक स्थानीय दैनिक में प्रकाशित भ्रामक संवाद के कारण देशविदेश में जो अफवाहें फैली हैं, वे बेबुनियाद हैं। हम साधिकार यह बताना चाहते हैं कि केन्द्रीय कारबूरेटर बिजलीघर के उद्घाटन के अवसर पर कोई विचित्र या अद्भुत घटना नहीं घटी। यह सही है कि नगरपाल ने त्याग-पत्र दे दिया है किन्तु इसका उद्घाटन समारोह में हुई किसी तथाकथित घटना से कोई सम्बन्ध नहीं है। यह समाचार गलत है कि उक्त अवसर पर सभा मंच पर उपस्थित लोगों पर किसी प्रकार

का कोई दौरा पड़ा या कि उन्होंने आदिम जातियों के लोगों की तरह नाचना-गाना शुरू किया। अगर कारबूरेटर के उद्‌घाटन के अवसर पर लोग श्रद्धानत हुए हों या उन्होंने मूक ईश वन्दना की हो तो किसी को कोई आश्चर्य या आपत्ति नहीं होनी चाहिए थी। धर्म-निरपेक्ष राज्य में हर व्यक्ति को अपने-अपने ढंग से धार्मिक वन्दना करने का पूर्ण अधिकार है। यह नितान्त दुर्भाग्यपूर्ण है कि इस उत्तरदायित्वहीन संवाद में हमारे माननीय राष्ट्रपति जी भी अशोभन रूप में प्रस्तुत किये गये हैं। तथ्य यह है कि राष्ट्रपति जी की तबीयत कुछ नासाज थी, उस दिन वह काफी थके हुए थे और कमरा हवादार नहीं था। इसी कारण वह कुछ बेचैन हो उठे थे और बेचैनी में ही उन्होंने 'हे भगवान!' कहा था। लेकिन 'हे भगवान! हे भगवान!' का कीर्तन उनके द्वारा किये जाने का संवाद सर्वथा अतिशयोक्तिपूर्ण ही नहीं, शरारत-भरा भी है।"

परमात्मा पैसे को नहीं पहचानता

कारबूरेटर बिजलीघर के उद्घाटन के कुछ दिन बाद बौंडी साहब मुँह में चुरट दबाये राजधानी की एक सूनी सड़क पर टहल रहे थे। वह सोच रहे थे कि मरेक और बिशप लिण्डा ठीक ही कहते थे। परमात्मा को इस दुनिया में खुला छोड़ देना खतरे से खाली नहीं है। साधारण लोगों पर धार्मिकता का भूत सवार हो जाये तो भी कोई हर्ज नहीं लेकिन अगर इसी तरह बड़े-बड़े लोग भी इस कारबूरेटर के करिश्मे की चपेट में आने लगे तो बंटाढार हो जायेगा। लेकिन किया क्या जाये? जब कारबूरेटर के इतने आर्डर हम बुक कर चुके हैं तब कारबूरेटर का निर्माण बन्द कर देने की बात सोचना निरी बेवकूफी होगी। और निर्माण अब बन्द करने से होगा क्या? लाखो कारबूरेटर दुनिया में जगह-जगह लग चुके हैं। उनमें से हरेक से हर क्षण परमात्मा बाहर निकल रहा है। ओर यह परमात्मा हर कहीं चटपट अपना प्रभाव दिखाना चाहता है। हजारों वर्षो की अकर्मण्यता से जागा है तो अब चुटकियों में ही सारे चमत्कार कर

डालना चाहता है। अगर इसी तरह बैंकों के मालिक इसके चमत्कार के चक्कर में आते रहे तो सारी अर्थव्यवस्था चौपट हो जायेगी। इस परमात्मा को पैसे की कोई पहचान नहीं है। अजीब तमाशा है! इधर औद्योगिक बैंक का तो सारा पैसा गरीबों में बँटवा दिया और उधर इन्हीं बैंक वालों की कपड़ा मिल में कारबूरेटर की मार्फत इसने यह चमत्कार दिखाया कि सभी यन्त्र अपने-आप ही चलते चले जा रहे हैं और कपास हो या न हो, बड़े मजे से सूत और कपड़ा तैयार करते जा रहे हैं! और नतीजा यह है कि कपड़े का भाव गिरता जा रहा है और कपास मंडियों में बेकार पड़ा हुआ है। अजी बिना कपास के ही कपड़ा इतना बन रहा है कि ग्राहक ढूँढ़े नहीं मिल रहे हैं। यह परमात्मा माँग और पूर्ति के मामूली नियम तक नहीं जानता! अब किया क्या जाये? ब्रह्माण्ड बनाने के बाद से अब तक हाथ-पर-हाथ धरे बैठा हुआ था और अब जो निर्माण का भूत सिर पर सवार हुआ है कि साँस ही नहीं ले रहा है! जहाँ भी कारबूरेटर लगे हुए हैं वहाँ आवश्यकता से हजारों गुना ज्यादा उत्पादन हो रहा है। इस तरह तो औद्योगिक सभ्यता ही नष्ट हो जायेगी! अब करें क्या? खैर अपने देश को तो बचाना ही है! ऐसा करें कि अब चेकोस्लोवाकिया में कहीं और कारबूरेटर नहीं लगने दें और अन्य औद्योगिक देशों में उनके सावधान होने से पहले ही दबादब कारबूरेटर लगवा दें। उन पर परमात्मा का ऐसा प्रहार करवाएँ कि वे नेस्तनाबूद हो जायें!

यह सोचकर बौंडी को काफी खुशी और थोड़ी तसल्ली हुई। लेकिन तभी उसे ख़याल आया कि देश में काफी कारबूरेटर लग चुके हैं और उनसे भी परमात्मा संन्यास-रोग का प्रसार कर रहा है! थोड़ी देर इस पहलू पर गौर करने के बाद बौंडी ने तय पाया कि वैज्ञानिकों से एक ऐसे नकाब का आविष्कार करने के लिए कहा जाये जिसे पहनने के बाद परमात्मा का असर न हो। तीस लाख रुपया इस अनुसन्धान के

लिए अलग रख देते हैं! तीस नहीं, बीस से ही काम चल जायेगा। यों बनने को शायद दस में ही बात बन जाये। बहरहाल इस नकाब को दूसरे देशों में नहीं पहुँचने दिया जायेगा। उस हालत में हम समृद्ध हो जायेंगे और वे संन्यासी।

इस चिन्तन से बौंडी परम प्रसन्न हुए। उनकी प्रसन्नता यह देखकर बढ़ गयी कि सामने चुस्त चाल और गठीले जिस्म वाली एक स्त्री चली जा रही है। अपनी चाल तेज करके बौंडी यह देखने लपके कि जैसा जिस्म है वैसी सूरत है कि नहीं! पहुँचकर जो देखा तो सकपका गये। यह तो संचालक-मण्डल के सदस्य माशात की बेटी थी जिससे एक बार बहुत पहले बौंडी ने शादी की नाकामयाब बात चलाई थी।

"मैं अपनी भीतर की आँखों से देख रही थी कि आप मेरा पीछा कर रहे हैं। आपके मन में यह सवाल उठा था कि इस लड़की का सिर्फ जिस्म ही अच्छा है, या चेहरा-मोहरा भी! इस समय भी आप मुझे लेकर बहुत ही गन्दी-गन्दी कल्पनाएँ कर रहे हैं। आपको अपने खिचड़ी बालों और अधगंजी चाँद का कुछ तो लिहाज करना चाहिए!" ऐलन ने झिड़की सुनाई।

बौंडी गिड़गिड़ाए—"ऐलन तुम क्यों मेरा दिल दुखा रही हो?"

ऐलन ने कहा—"आपके भीतर यहाँ से वहाँ तक विकार ही विकार भरे हुए हैं। अच्छा अब आप यह सोचने लगे कि अपने बूढ़े बाप की तरह यह लड़की भी धर्म के चक्कर में खपती हो गयी है। सुनिए आप भी हमारी 'माया-मोह को तज मेरे मनुवा- मण्डली' में शामिल हो जाइए।"

"हाँ, हाँ, क्यों नहीं!" बौंडी ने बात टालने के लिए कहा, और मन-ही-मन सोचा, "तेरे लिए यह भी सही।"

"मेरे लिए! छि-छिः! आप कब इन विकारों से मुक्त होंगे भला!" ऐलन ने धिक्कारते हुए कहा।

"मैंने यह कब कहा। तुम्हारी मंडली में तो मैं भगवान् की साधना

के लिए शामिल होऊँगा!" बौंडी ने कहा और सोचा, "कल तक तो तुझे विकार से ही फुर्सत नहीं थी, और आज विकार को ही धिक्कारे जा रही है!"

"कल की बात और थी बौंडी भाई। और उसमें भी कितनी सच्चाई थी, कितनी आपकी कल्पना, यह भी आपको विचार करके देखना होगा।"

"हे भगवान्!" बौंडी ने मन-ही-मन कहा, "यह तो मेरे मन की हर बात पढ़ लेती है।"

"अजी आपके ही नहीं, किसी के भी। और मैं ही नहीं हमारी मंडली के सभी सदस्य। जरा सोचिए, परमात्मा के प्रसाद में कैसा चमत्कार होता है।"

मगर बौंडी भाई कुछ भी सोचने के लिए तैयार नहीं थे। उन्हें अब इस औरत से दहशत होने लगी थी। मैंने कुछ सोचा कि इसने पकड़ा। वह अपने दिमाग को विचार-शून्य बनाने की कोशिश में जुटे हुए थे।

"घबराओ मत बौंडी भाई! परमात्मा से डरो मत। मैं चाहती हूँ, सच्चे दिल से चाहती हूँ कि आपको भी माया-मोह से मुक्ति मिले। और आप और मैं मिलकर इस परमपिता की साधना करें।"

"ऐलन!" बौंडी ने कहा, "मैं तुम्हें अपने ही अनाड़ी ढंग से हमेशा प्यार करता रहा हूँ, तुम्हें अपना बनाने की तमन्ना मैं न जाने कब से दिल में सँजोए हुए हूँ। लेकिन अब नहीं। मैं अगर यह बात तुमसे छिपाना भी चाहूँ तो छिपा नहीं पाऊँगा क्योंकि तुम तो मन की बातें भी पढ़ लेती हो। तुम धरम-करम करती रहो इससे मुझे कोई एतराज नहीं, तुम खूब दान-पुण्य करती रहो इसमें भी कोई हर्ज नहीं। धनी व्यक्ति की घरवाली का ऐसा करना धनी व्यक्ति के प्रचार के लिए अच्छा ही रहता है। लेकिन अगर तुम इसी तरह मेरे मन की हर बात पढ़ती रहीं तो हमारी घरेलू जिन्दगी कैसे चलेगी? ऐलन, घरेलू जिन्दगी, समाज, उद्यम-उद्योग, राजनीति, शासन, बल्कि सारी सभ्यता ही तभी

चल पाती है जब कुछ मन की बातें मन ही में रखी जा सकें। ऐलन, जहाँ भेद की कोई बात ही न रहे वहाँ प्सार की कोई भी भावना टिक नहीं सकती। थोड़ा-सा मुगालता, थोड़ी-बहुत खुशफहमी के बगैर कोई इंसानी रिश्ता चल नहीं सकता। सन्त ऐलन तुम अब शादी-ब्याह की बात मन से कतई निकाल दो।"

"मगर क्यों? परमात्मा, प्यार के खिलाफ नहीं है। वह तो बस विकार का विरोध करता है! वह चाहता है कि हम प्यार से मिल-जुलकर रहें, फूले-फलें..."

"नहीं, नहीं!" बौंडी ने घबराकर कहा, "तुम्हारा यह परमात्मा कुछ नहीं समझता, कुछ नहीं मानता! इसने जीना मुहाल कर दिया है। इसे इंसानी दुनिया और इंसानी रिश्तों का या तो कोई अनुभव ही नहीं है, या वह इन्हें जान-बूझकर तोड़ने पर उतारू है।"

"इंसानी रिश्तों को नहीं, इंसान के भ्रमों को, अन्धा बना देने वाले मोह को। अधर्म को। वह सच्चा धर्म स्थापित करेगा।"

"ऐलन, मुझे धर्म की स्थापना से कोई परेशानी नहीं है। लेकिन भगवान् के वास्ते भगवान् और इंसान को मिटा डालने वाली इस भयंकर भूल से संसार और सभ्यता को बचाओ। अगर नहीं बचा सकते तो तुम अपनी मंडली वालों को लेकर उसी तरह कहीं दूर जंगलों में चले जाओ जैसे पुराने जमाने के संन्यासी चले जाया करते थे। भगवान् के वास्ते इस भगवान् को लेकर दफा हो जाओ और यह दुनिया हम दुनियादार लोगों के भरोसे छोड़ दो।"

किसने? और कैसे? ये सवाल तब उठे जब आविष्कारक रूडी मरेक द्व ारा निर्मित आदि-कारबूरेटर चोरी चला गया। पुलिस ने बहुत खोजबीन की मगर चोर या चोरों का कोई पता नहीं चला। इस घटना के कुछ ही दिन बाद चरख-हिण्डोले वाला जान बाइंडर अपने हिण्डोले के लिए कोई पुराना मोटर तलाश करने कबाड़ी बाजार पहुँचा। वहाँ एक

बेडौल-सा ताँबे का मोटर बहुत सस्ता मिल रहा था। कबाड़ी उसे चलाने का तरीका नहीं जानता था लेकिन उसका कहना था कि जिनसे मैंने लिया था वह इसे एक चमत्कारी यन्त्र बताते थे जो मुट्ठी भर कोयले से महीनों तक चल सकता है। चलाकर मगर वह भी नहीं दिखा सके। जान बाइंडर को जाने क्या सूझी कि उसने वह कण्डम मोटर ही खरीद लिया। उस रात स्वप्न में उसे किसी ने कण्डम मोटर को काम का बनाने की सारी विधि विस्तार से समझा दी। वह हतप्रभ होकर उठा। स्वप्न में जो विधि बताई गयी थी उसने आजमाई और देखा कि मोटर मजे में चलने लगा है। उसने इस विचित्र मोटर को चरख हिण्डोले और उसके साथ के ग्रामोफोन से जोड़ दिया। दोनों मजे में चलने लगे। और सहसा जान बाइंडर को यह अनुभूति हुई कि आज उसके ग्रामोफोन से कोई दिव्य संगीत प्रसारित हो रहा है, आज उसके हिण्डोले कुछ और ही शान से घूम रहे हैं। उसे लगा कि यह हिण्डोले, हिण्डोले नहीं, देवताओं के वाहन हैं, स्वर्ग के विमान हैं। उसे लगा कि इन हिण्डोलों में भारत के बेहतरीन इत्रों की गन्ध बसी हुई है। उसे लगा कि ये काठ और टीन के नहीं, ठोस सोने के बने हुए हैं और इनमें हीरे-जवाहरात जड़े हुए हैं। उसे बहुत कुछ और भी लगा लेकिन वह उस कुछ को शब्द दे नहीं पाया।

जान बाइंडर के हाथ एक आह्लादित अभ्यर्थना में उस ऊपर वाले की ओर उठ गये। उसने सुना कहीं जयघोष हो रहा है, तुमुल नाद हो रहा है। उसने देखा कि आसमान का नीला पर्दा बीचोंबीच से फट गया है और एक आभा मण्डल उतरकर सीधा उसी की ओर चला आ रहा है। जात बाइंडर लगभग संज्ञाशून्य हो गया और वह दिव्य आभा उसके अन्तर में प्रविष्ट हो गयी। अब जो उसने सिर उठाकर, मुँदी पलकें खोलकर देखा तो देखता ही रह गया। चरख हिण्डोला रुक गया था और कुछ अदृश्य हाथ आस-पास के सब गरीब बच्चों को जो अब

तक पैसे के अभाव में चरख-हिण्डोले को बस ललचाई दृष्टि से देखते रह जाते थे, पकड़-पकड़कर बड़े प्यार से हिण्डोलों पर चढ़ा रहे हैं। जान बाइंडर अनायास ही कह बैठा, 'आओ, आओ, मुफ्त में हिण्डोले की सवारी करो।' और फिर तो यही उसकी सदा बन गयी। हर कहीं वह लोगों को साग्रह, सानुरोध अपने चरख-हिण्डोले की मुफ्त सवारी कराने लगा। जो भी उसके हिण्डोले में बैठा वह दिव्य अनुभूतियों में खो गया। हर किसी को यह महसूस हुआ कि ये घूमते हुए हिण्डोले, रात-दिन गर्दिश में रहते सातों आसमानों से अलग और ऊपर ही घूम रहे हैं। मानो ये हिण्डोले स्थिर हैं और सारी सृष्टि इसके इर्द-गिर्द घूम रही है। और हिण्डोले के साथ का ग्रामोफोन, कुछ घिसे-पिटे रिकार्डों पर अंकित पुराने गीत नहीं, एक अलौकिक संगीत प्रसारित कर रहा है।

जान बाइंडर को भाषण देने की कला नहीं आती थी। इसलिए चरख-हिण्डोले से ऐसी दिव्यानुभूति प्राप्त करने और करानें के बाद वह केवल इतना कह पाता, "भाइयो और बहनो! परमात्मा के साथ रहो, राजी-खुशी रहोगे; नहीं तो दुनियादारी के जंजाल में खटोगे!" तो भी जनता श्रद्धानत होती गयी। जान बाइंडर भोला बैरागी के नाम से मशहूर, विचित्र, विरोधाभासपूर्ण, बोध व्यक्ति के रूप में हरेक के मन में घर कर गये। हर कोई यही कहता कि माना भोला बैरागी धरम-ज्ञान की लम्बी-चौड़ी बातें नहीं बता पाते हैं लेकिन आप यह भी तो देखिए कि जो क्या नाम कहते हैं कि साक्षात् दर्शन करवा देता हो उसे कुछ कहने-सुनने की जरूरत क्या है। भोला बैरागी के भक्तों की संख्या दिन दूनी बढ़ती चली गयी।

कोई महीना भर की बात है। जान बाइंडर अपनी भक्त-मण्डली में बैठा हुआ था। अभी-अभी चरक-हिण्डोला रुका था। सबकी जबानों पर चमत्कार ने चुप्पी का ताला डाल रखा था कि तभी कुछ हलचल-सी हुई। भीड़ को चीरते हुए लम्बी दाढ़ी वाले एक साधु महाराज अपने

चेले-चाटियों के साथ जान बाइंडर की ओर तीर-से बढ़ते चले आ रहे थे। उन्होंने नारा बुलन्द किया, 'काफिरो का...' उनके चेलों ने जुमला पूरा किया, 'नाश हो!' उन्होंने नारा लगाया, 'नक्कालों से...' चेलों ने कहा, 'बचकर रहो।' उसके बाद दाढ़ी वाले बाबा ने जान बाइंडर से मुखातिब होकर कहा, 'अच्छा आँख-में-धूल-झोंक-दी महाराज अपना बिस्तर-बोरिया गोल करो!'

बाइंडर पहले तो कुछ घबराया। लेकिन ज्योंही उसे यह ख़याल आया कि यहाँ मेरे भक्तों की संख्या दाढ़ी वाले के चेलों की संख्या से ज्यादा है वह स्वस्थ हो गया। मुसकराकर उसने कहा–"रमते जोगी हैं, न किसी के बुलाने पर आते हैं, और न किसी के कहने पर जाते हैं। क्या समझा बच्चा?"

दाढ़ी वाले बाबा के एक चेले ने आस्तीनें चढ़ाते हुए कहा–"अबे ओ भोला बैरागी के बच्चे! जरा जबान सँभालकर बोल। देखता नहीं तेरे सामने जहाज वाले चमत्कारी बाबा स्वामी दुजेन्दा जी महाराज खड़े हैं।"

यह सुनकर सभा में कुछ हलचल-सी हुई और बहुत से लोग दाढ़ी वाले दुजेन्दा को देखकर खुसर-पुसर करने लगे क्योंकि जहाज वाले स्वामी जी की शोहरत उन तक पहुँच चुकी थी। सिद्ध पुरुषों का यह साक्षात् दर्शन उनके लिए एक अपूर्व और अविस्मरणीय घटना थी।

स्वामी दुजेन्दा जी ने अपने भक्तों को इशारे से रोकते हुए कहा–"शान्त, इस विधर्मी से मुझे निबटना है। देख रे धूर्तराज, कान खोल के सुन ले। अब तेरा यहाँ पाखण्ड ज्यादा देर तक चल नहीं सकता। फौरन यहाँ से चला जा, नहीं तो थोड़ी देर में तेरा यह हिण्डोला प्रभु की दया से साबुत नहीं बचेगा।"

जान बाइंडर ने मुट्ठी तानते हुए कहा–"रे लम्पट, यहाँ से भाग जा नहीं तो प्रभु जी की दया से तेरी बत्तीसी झड़ जायेगी।"

इस पर दुजेन्दा के एक चेले ने कहा–"जरा हाथ उठाकर देख तो

सही, हाथ ही न तोड़ दूँ तो मेरा नाम बदल देना।"

दुजेन्दा ने उसे रोका और कहा—"देख भाई भोला बैरागी, हम लोग तो परमात्मा के सेवक हैं, लड़ना-झगड़ना शोभा नहीं देता। तू क्यों हमें मजबूर कर रहा है। हम तो बस यही कहते हैं कि बस अपनी यह धोखाधड़ी कहीं और ले जा। हमारे पवित्र जहाज के प्रभाव क्षेत्र में इसे मत ला।"

"पवित्र जहाज! अरे दढ़ियल दुष्टराज, तेरे ऐसे जहाजों से तो मेरा पाखाना ज्यादा पवित्र है।"

इसके बाद क्या हुआ कुछ ठीक कहा नहीं जा सकता। हाथ पहले किसने उठाया यह हमेशा विवाद का विषय रहेगा। बहरहाल जान बाइंडर और दुजेन्दा में तथा दोनों के समर्थकों में जबरदस्त छिड़ गयी। क़ैद से छूटे हुए परमात्मा के नाम पर यह पहला धर्मयुद्ध अनिर्णीत समाप्त हुआ और दोनों पक्षों के बहुत से लोग घायल हुए।

धर्म का डॉक्टर

प्राहा विश्वविद्यालय के तुलनात्मक धर्म विभाग के पचपन वर्षीय 'तरुण' लेक्चरर डॉ. ब्लाहूस, एम.ए., पीएच.डी., पेन में स्याही भर कर और एक दस्ता कागज सामने मेज पर रख कर बहुत ही सन्तुष्ट मुद्रा में साहित्य-सर्जन करने बैठ गये। मोतियों जैसे अक्षरों में उन्होंने शीर्षक लिखा, "कतिपय समसामयिक धर्म-प्रवृत्तियों का एक प्रारम्भिक विश्लेषण।" और फिर धड़ल्ले से लेख शुरू कर दिया, "धर्म की अवधारणा की युक्तियुक्त परिभाषा आदिकाल से चिन्तकों तथा मनीषियों के समाज में अपार वाद-विवाद और असीम खण्डन-मण्डन की विषय-वस्तु बनी है।"

इतना लिख चुकने के बाद वह विचारों में खो गया, "इस लेख को राजधानी के दैनिक को दे दूँगा। छोटा-सा, रोचक-सा यह लेख उनके लिए उपयुक्त रहेगा। विषय सामयिक है, शैली लोकप्रिय है। यह चीज तो छपनी ही ऐसे पत्र में चाहिए जिसकी ग्राहक-संख्या अपार हो। और

दैनिक में छपा तो बड़े अधिकारी भी ध्यान देंगे। कहीं तरक्की-वरक्की का मामला आया तो कहेंगे अच्छा यह वही तरुण धर्मशास्त्री है जिसका विद्वत्तापूर्ण लेख राजधानी के दैनिक में छपा था। फिर तो असिस्टेंट प्रोफसरी यों मिल जायेगी यों! और यह अपना खूसट चापलूस रेजनर टापता ही रह जायेगा। उसे पता चल जायेगा कि कोरी मक्खनबाजी के बूते वह असिस्टेंट प्रोफेसर नहीं बन सकता। विद्वत्ता का आज भी सम्मान है।”

अपनी अँगुलियाँ चटखा कर तरुण धर्मशास्त्री जी फिर लिखने में व्यस्त हो गये। कुँवारे डॉक्टर साहेब के परिचित भी बस इने-गिने ही थे और उन्हें भी डाक्टर साहेब से मिलने का कोई विशेष उत्साह रहता नहीं था। लिहाजा छुट्टी के इस दिन उनके लेखन में विघ्न डालने कोई आया नहीं। डॉक्टर साहेब कागज रँगे चले गये। जब शाम को होटल वाला चाय लेकर आया तो डॉक्टर साहेब का ‘आपके विख्यात दैनिक में प्रकाशन हेतु लघु निबन्ध’ 61वें पृष्ठ पर और ‘मसीही धर्म के अभ्युदय’ तक पहुँच चुका था। रात को जब होटल वाला खाने का थाल रख गया तब डॉक्टर ब्लाहूस ‘धर्म की अवधारणा’ की एक नूतन परिभाषा करते हुए 151वें पृष्ठ पर पहुँच चुके थे। उनकी नूतन परिभाषा में और धर्मशास्त्री रेजनर द्वारा सद्यप्रकाशित ग्रन्थ ‘तमसो मा ज्योतिर्गमय’ में दी गयी परिभाषा में एक ‘सूक्ष्म किन्तु महत्त्वपूर्ण’ अन्तर था—डॉ. रेजनर द्वारा प्रयुक्त शब्द ‘द्विविधा’ के स्थान पर डॉ. ब्लाहूस ने ‘अनिश्चय’ का प्रयोग किया था। इस अन्तर की महत्ता प्रकाशित करने के लिए डॉ. ब्लाहूस ने दो पृष्ठ और लिखे और फिर अपने सम्भावित पाठकों को यह शुभ सूचना दी कि ‘इन शब्दों के साथ इस लघु निबन्ध की संक्षिप्त भूमिका पूर्ण होती है।’

फिर उन्होंने समसामयिक धर्म-प्रवृत्तियों का विश्लेषण शुरू किया, “विगत दिनों में धार्मिक जाति और इन्द्रियातीत प्रजाति की कुछ ऐसी

घटनाएँ घटी हैं जिन पर दृष्टिपात करना धर्म के सम्मानित और सूक्ष्म शास्त्र के लिए भी कदाचित अनुचित न होगा। यद्यपि धर्मशास्त्र का मुख्य दायित्व और परम कर्त्तव्य उन आनुष्ठानिक विधियों और विधाओं का अध्ययन करना है जिन्हें अब लुप्तप्रायः माना जा सकता है तथापि जीवन्त वर्त्तमान की भी कतिपय वृत्तियाँ-प्रवृत्तियाँ, आधुनिक (इस शब्द को डॉक्टर ब्लाहूस ने रेखांकित किया) शोधकर्त्ताओं के लिए न्यूनाधिक मात्रा में ऐसे तथ्य-कथ्य उपलब्ध कर सकती है, जिनका किंचित प्रकारान्तर से प्राचीन काल के लुप्त अथवा लुप्त-प्रायः धर्म-पन्थों का विश्लेषण करने में उपयोग सम्भव है।"

इस गुरु गम्भीर घोषणा के बाद, डॉक्टर साहेब ने कुजेन्दई, बाइंडरी, माशाती आदि नयी धर्म-शाखाओं की समाचारपत्रों में प्रकाशित सामग्री के आधार पर चर्चा की और कबायलियों और आदिम जातियों के धर्मों से इनका मिलान किया। उन्होंने विचार प्रकट किया कि राजधानी में कारबूरेटर-बिजली-घर के उद्‌घाटन के अवसर पर जो कुछ हुआ, वह अग्नि-पूजक आदिवासियों का स्मरण कराता था। बाइंडर के चरक-हिण्डोले वाले सम्प्रदाय में उन्हें नाचने वाले दरवेशों और तान्त्रिकों की छाया दिखाई दी। मशात के सर्वस्व लुटा दो पत्न्थ में उन्हें प्राचीन भारत के संन्यासियों का आभास मिला। नयी धर्म-प्रवृत्तियों के प्रसंग में उन्होंने मध्य अफ्रीका के कबीलों की जादू-टोने, ओझाओं के मन्तर-तन्तर और चमत्कारी उपचार की प्रथाओं का उल्लेख भी किया। इस तरह के चमत्कारों के मनोविज्ञान पर भी डॉक्टर साहेब ने काफी प्रकाश डाला और सिद्ध किया कि चमत्कारों में आस्था आम तौर से मूढ़ और निर्धन लोगों की ही होती है।

पृष्ठ-संख्या साढ़े तीन सौ से ऊपर पहुँच चुकी थी और अब डॉक्टर ब्लाहूस संहार करने की मुद्रा में उपसंहार प्रस्तुत किया चाहते थे। उन्होंने लिखा, "आस्था में अन्धविश्वास का भाग बहुत बड़ा रहता है।

इस विषय में विवाद की अधिक सम्भावना नहीं दिखती। प्रश्न किया जा सकता है कि आज ये जो अनेकानेक नये धर्म चल पड़े हैं क्या वे अन्ततोगत्वा मूढ़मति मानव की आत्मछलना के प्रतीक नहीं हैं? हमें आशा ही नहीं, अपितु विश्वास भी है कि वैज्ञानिक रीति से निरीक्षण करवाने पर ये बहुचर्चित चमत्कार धोखा-धड़ी के निकृष्टतम नमूने सिद्ध होंगे। हमारी मान्यता यह है कि इन सभी स्वघोषित धर्म-गुरुओं के लिए दो ही गन्तव्य उपयुक्त हो सकते हैं—हवालात या पागलखाना। सूक्ष्म धर्मशास्त्र इस तरह के टोने-टोटके को धर्म की संज्ञा कदापि दे नहीं सकता। कैसी विडम्बना है, कितना भयंकर दुर्भाग्य है कि सभ्यता ने यूरोप को कई शताब्दियों में कुल मिलाकर जो कुछ दिया था वह कुछ मतान्ध, अन्धविश्वासी, छलछिद्रपूर्ण व्यक्तियों की कुचेष्टाओं के कारण देखते ही देखते नष्ट होता जा रहा है और आज का मानव आदिम अवस्था की ओर प्रत्यागमन कर रहा है।

लिखते-लिखते डॉक्टर ब्लाहूस 364वें पृष्ठ पर पहुँच गये। वह काफी थकान महसूस कर रहे थे। उबासियाँ लेते हुए वह उठे और कमरे की खिड़की खोल आये। सूर्योदय हो चुका था। उन्होंने बत्ती बुझा दी और आरामकुर्सी पर पसर गये। वह कुछ ताजा हो लेना चाहते थे ताकि एक जोरदार पैरा लिख कर इस लघु-निबन्ध को पूरा कर डालें। तभी खुली खिड़की से हवा का एक ऐसा झोंका आया जो उन्हें असाधारण रूप से स्फूर्तिदायक मालूम हुआ। उनकी आँखों में एक अजीब-सी चमक आ गयी। खुली खिड़की से दिखता आसमान उन्हें कुछ ज्यादा ही आसमानी नजर आया। फिर उन्हें ऐसा महसूस हुआ कि हवा की अदृश्य अँगुलियाँ उनके माथे को हल्के-हल्के दबा रही हैं। कोई अदृश्य व्यक्ति उनकी गोद में सिर रख रहा है। जाने कौन उनके कान में फुसफुसा रहा है—तीस वर्ष पुरानी भूली-बिसरी बातें दुहरा रहा है। वह पहले गद्गद हो गये लेकिन फिर एक बार सिर से लेकर पाँव तक

काँप गये। उन्होंने अपने को सँभालने की कोशिश की। आखिर वह महत्त्वपूर्ण लघु-निबन्ध पूरा जो करना था। मुँह पर दो-चार छींटे पानी के डाल कर वह कलम-कागज लेकर बैठ गये।

लेकिन फिर उन पर वही विचित्र-सा नशा सवार हो गया। उन्होंने देखा कि वह लघु-निबन्ध के अन्तिम पैरे से अब तक की सारी स्थापना खण्डित किये दे रहे हैं, "चाहे यह कितना ही अविश्वसनीय क्यों न प्रतीत हो, इस विषय में सन्देह की कोई सम्भावना नहीं कि आज अगर वह परमपिता हमारे समक्ष व्यक्त हो सकता है तो उसी आदिम आस्था के प्रताप से ही। सभ्यता ने धर्म को निष्प्राण बना डाला है। प्रभु अपना कार्य पुनः आरम्भ करने के लिए बाध्य हो गये हैं। हम आज धर्म के नवोन्मेष का दर्शन कर रहे हैं। यही तर्कातीत आस्था कल एक प्रकाण्ड धर्मशास्त्र का रूप लेगी। यह निष्कपट आस्था भी एक-न-एक-दिन निश्चय ही कलुषित हो जायेगी, भयंकर धर्मयुद्ध होंगे और व्यर्थ के शास्त्रार्थ होंगे। किन्तु आज तो हम इस नवोदित परमात्मा का, इस निष्कपट आस्था का प्रसाद पा ही सकते हैं। तो आइए इस परमशक्तिवान के समक्ष हम सब नतमस्तक हों।"

राजधानी के दैनिक के सम्पादक ने डॉक्टर ब्लाहूस के इस सुदीर्घ लघु-निबन्ध का सार-संक्षेप प्रकाशित किया। लेख में जितनी सनसनीखेज, उत्तेजक, रोचक बातें थीं वे ले लीं और विद्वत्ता को कूड़े की टोकरी में फेंक दिया। सम्पादक महोदय ने अन्तिम पैरा ज्यों का त्यों छापने की कृपा जरूर की। इस लेख की कोई विशेष प्रतिक्रिया नहीं हुई। डॉक्टर ब्लाहूस के पुराने मित्र डॉक्टर रेजनर ने अलबत्ता यह कहा, "मैं समझ नहीं पाता हूँ कि जो व्यक्ति धर्मशास्त्र का ज्ञाता होने का दावा करता फिरता है वह भगवान में गँवारों की तरह आस्था कैसे रख सकता है?"

पाठक मुझको माफ करना

प्यारे पाठको! इन पंक्तियों का लेखक आप से कुछ निवेदन करना चाहता था। वह घोर आध्यात्मिक कष्ट में है। पहली मुसीबत तो यह कि उसे 13वाँ अध्याय शुरू करना है और 13 की संख्या, यूरोपीय अन्धविश्वास के अनुसार, अपशकुनकारी होती है। इस अध्याय में कुछ गड़बड़-घोटाला हो जाये तो क्या अचरज। लेखक चाहे तो इसे चुपचाप 14वाँ अध्याय बना दे सकता है लेकिन आप पाठक तो भूल-चूक पकड़ने के लिए कमर कसे बैठे रहते हैं। फौरन पत्र डालेंगे कि 13वाँ अध्याय क्या हुआ।

खैर अगर मुसीबत इतनी ही होती तो निपट लेते। मामला इससे कहीं ज्यादा संगीन है। दरअसल यह लेखक जबरदस्त धर्मसंकट में पड़ा हुआ है। वह आपको कारबूरेटर के आविष्कार और कारबूरेटर-कारखाने की दिन-दूनी रात-चौगुनी उन्नति की कहानी ब्योरेवार सुना चुका है। कारबूरेटर के उपयोग के कारण मशात के भवन में, कपड़ा-मिलों में,

बैंकों में, कुजेन्दा के जहाज में, और क्या नाम कहते हैं, बाइंडर के चरख-हिण्डोले में क्या गुल खिले इसका भी उसने विस्तार से वर्णन करने की कोशिश की है। यही नहीं, उसने जन-साधारण पर तथा प्रतिरक्षा मन्त्री जी, राष्ट्रपति जी, नगरपाल जी और डॉक्टर ब्लाहूस जैसे विशिष्ट जनों पर कारबूरेटर द्वारा क़ैद से मुक्त किये गये परमात्मा के दूरगामी प्रभाव की ओर भी आपका ध्यान दिलाया है। लेकिन अब दिक्कत यह है कि वह आपका ध्यान किस-किस ओर दिलाए। कथा शुरू होने से लेकर अब तक हजारों-लाखों कारबूरेटर बन चुके हैं और उनका हजारों-लाखों वाहनों, कारखानों, भवनों, यन्त्रों में उपयोग हो रहा है। इनके कारबूरेटरों द्वारा परमात्मा बड़े पैमाने पर मुक्त किया जाता रहा है और करोड़ों लोग उसकी चपेट में आ रहे हैं। यही नहीं, संसार के सभी प्रमुख उद्योग-संगठनों ने बौंडी की कम्पनी से गठजोड़ कर लिया है और सभी औद्योगिक देशों में कारबूरेटर का निर्माण बड़े पैमाने पर शुरू हो चुका है। अकेला अमेरिकी फोर्ड-संगठन रोजाना तीस हजार कारबूरेटर तैयार कर रहा है।

इन तथ्यों को ध्यान में रखते हुए अब जरा यह याद करने की कोशिश कीजिए कि शुरू में बने हुए उन चन्द कारबूरेटरों के कारण क्या-कुछ हुआ था। उन घटनाओं को लाख से गुणा कर दीजिए। अब कुछ आया समझ में कि यह लेखक क्यों परेशान है? लेखक के नाते उसका यह फर्ज हो जाता है कि आपको हर कारबूरेटर की कारस्तानियाँ सुनाये। कहाँ बना, किस जगह लगाया गया, और उसके लगने पर किस-किस को कब, कहाँ, कैसे वह 'परम रोग' लगा यह सब आपको पुरलुत्फ अन्दाज में बताये। क़ैद से छूटे हुए परमात्मा ने किस तरह भौतिकता में क़ैद मानवीय आत्माओं की परती जमीन तोड़ी, कैसे उनमें सच्चिदानन्द की शस्य-श्यामला खिलाई, इसका काव्यात्मक वर्णन करना भी इस लेखक का कर्त्तव्य माना जा सकता है। और यह लेखक अपने

इस कर्त्तव्य को पूरा करने के लिए सहर्ष प्रस्तुत होना चाहता है। वह तो आपको यहाँ तक बताना चाहता है कि जब कथा का कोई गौण-पात्र शहर से देहात की ओर जाने वाली सड़क पर चला जा रहा था, तब कैसे किसी गाड़ीवान ने, जिसका कथा में कोई योगदान नहीं है, अपने घोड़े को बड़े प्रेम से, अपने हाथ से घास खिलाई। लेकिन उसके इस सहज मानवीय और मानवोचित उत्साह के लिए यह कारबूरेटर-काण्ड कोई गुंजाइश छोड़ता नजर नहीं आता। इस कथानक का आग्रह है कि लेखक इतिहासकार का चश्मा उधार ले ले। विकास-सिद्धान्त, काल-क्रम, आलेख, सार-संक्षेप, तथ्य-कथ्य, संश्लेषण आदि के हृदयहीन हथौड़े लेकर लाखों करोड़ों प्रीतिकर, प्राणवन्त मानवीय व्यापारों को एक सूक्ष्म किन्तु सघन आकार में ठूँस दे और उसे 'एक ऐतिहासिक तथ्य', 'एक सामाजिक उद्वेग', 'एक सामूहिक आन्दोलन', 'एक जातिगत उन्मेष', जैसी कोई संज्ञा देकर पुस्तकालय की दिशा में चलता करे। लेकिन उसने इस कथा में अब तक ऐसा नहीं किया है, इस कला में वह कतई कोरा है। देखिए न आपके इस लेखक ने बौंडी की चुरट, कुजेन्दा की दाढ़ी, बाइंडर की धारीदार जर्सी जैसी चीजों तक का वर्णन किया है जब कि इतिहासकार की दृष्टि से ये वस्तुएँ ही नहीं, ये व्यक्ति तक निहायत गैर-जरूरी ठहरते हैं। इतिहासकार तो एक ही वाक्य से बेड़ा पार लगा देता, 'कारबूरेटर के कारण धर्मोन्मेष की एक विचित्र लहर समाज के सभी अंगों में दौड़ गयी।'

यह लेखक तो मूर्ख कहलाये जाने के लिए तैयार है और ऐसी संश्लिष्ट विद्वत्ता को वह दूर से ही नमस्कार करता है। मगर वह क्या करे जब यह कारबूरेटर कथानक को इतना फैला दे रहा है। कि हर अध्याय के अन्त में लेखक को अपने कई प्रिय पात्रों से अन्तिम नमस्कार कह देना पड़ा है। मरेक, बौंडी, मशात, कुजेन्दा, बाइंडर, एलन सभी को तो वह पीछे छोड़ आया है। और अभी कितने लोगों से उसे खुद

मिलना है और आपको मिलवाना है! कोई ठिकाना नहीं है। कारबूरेटर की चपेटे में करोड़ों आ चुके हैं और करोड़ों आया चाहते हैं। उनमें राजा, रंक, बैंक मैनेजर, इंजिन-ड्राइवर, भिक्षुणी, वेश्या, वित्त-विशेषज्ञ, संगीतज्ञ, कवि, खिलाड़ी...कौन नहीं है! काम, क्रोध, मद, लोभ, मोह ...किस विकार से यह पात्र-समाज अछूता है? और क़ैद से छूटा हुआ परमात्मा इन पर कितने अलग-अलग ढंग से प्रभाव डाल रहा है। कोई संन्यासी हो गया है तो कोई धर्मान्धता में खो गया है। कोई गाँजे-सुल्फे में मस्त है तो कोई काम को ही मोक्ष का अन्यतम साधन घोषित कर बैठा है। कारबूरेटर कल्पनातीत समृद्धि उगल रहा है, और समृद्धि का सन्धान करने वाली सभ्यता की काया और आत्मा तक हिल गयी है। अराजकता का बोलबाला है। इस उथल-पुथल को लेखक एक उपन्यास के कलेवर में समेटे तो कैसे? अजब लाचारी है। उसे मजबूर होकर कुछ मोटी-मोटी बातों का ही जिक्र करके सन्तुष्ट हो जाना पड़ेगा।

तो पहली अप्रैल को स्थिति कुछ इस प्रकार थी। संसार के ज्यादातर देश एक भयंकर युद्ध की लपेट में आ चुके थे। यूरोप में हाहाकार मचा हुआ था, इंग्लैंड अपने सभी प्रमुख उपनिवेश गँवा बैठा था। रूस यूरोप पर चढ़ता चला आ रहा था। और उधर रूस पर चीन ने धावा बोल दिया था। हर देश यही चाहता था कि दूसरे देश के कारबूरेटर ध्वस्त कर दे। जिन देशों के पास कारबूरेटर नहीं थे उनकी तो खैर कोई बिसात ही नहीं रह गयी थी, कारबूरेटर वाले देश चाहें जब उन्हें रौंद डालते थे। एक-दूसरे के कारबूरेटर नष्ट करने के लिए जो युद्ध हुआ उसने प्रलयंकर विनाश के दृश्य प्रस्तुत किये। कभी-कभी ऐसा प्रतीत होता कि कुछ पारलौकिक शक्तियाँ इस युद्ध में हस्तक्षेप कर रही हैं। कारबूरेटर अस्त्र लेकर उड़ते हुए राकेटों को कोई अदृश्य हाथ बीच ही में पकड़ लेते और उठाकर उन देशों पर ही पटक देते जिन्होंने उन्हें छोड़ा था। या यह सब शायद नये विज्ञान का करिश्मा

था। बहरहाल कारबूरेटरों को नष्ट करने के लिए जहाँ भी कारबूरेटर अस्त्र डाले गये वहीं मीलों गहरे मीलों चौड़े गढ़े बन गये। हर विस्फोट के बाद ऐसे विषैले तत्त्वों का प्रसार हुआ कि तीन-तीन सौ मील दूर तक कुछ भी बच नहीं पाया। विषैले तत्त्वों के बादल हर कहीं मँडराने लगे और अक्सर दुश्मन के देश से खुद अपने देश में भी पहुँच जाने लगे। रणनीति विशेषज्ञ चक्कर में पड़ने लगे। उधर समृद्धि, हिंसा और धार्मिकता के विचित्र मिश्रण के कारण समाज में सरकारी सत्ता के प्रति अवज्ञा भाव बढ़ने लगा। घरेलू युद्ध हर कहीं होने लगे। आखिर यह तय पाया गया कि कारबूरेटर-अस्त्रों का उपयोग नहीं किया जायेगा। तो भी सन्देह बराबर बना रहा। और उस सन्देह के कारण लड़ाइयाँ होती रहीं। इन लड़ाइयों में कारबूरेटर-अस्त्रों का उपयोग नहीं किया गया। बहुत ही पुराने ढंग की रणनीतियाँ फिर लागू की जाने लगीं। हर सिपाही को एक छुरा, एक बन्दूक और कुछ हथगोले दे दिये गये और यह हिदायत भी कि जो दूसरी तरह की वर्दी पहने हो उसे दुश्मन समझ और फौरन मार दे। जब तक एक ढंग की वर्दी वाले सब सिपाही न मार दिये जायें तब तक युद्ध जारी रखा जाये। इस 'नयी' रणनीति से बड़ा अन्धेर तो हुआ लेकिन युद्ध निर्णायक अवश्य होने लगे।

नया नेपोलियन

फ्रांसीसी सेना के पहाड़ी तोपखाने का लेफ्टिनेंट बाइस वर्षीय बोबीने एक चट्टान पर बैठा हुआ बहुत ही ऊबे-ऊबे ढंग से मूँछों पर ताव दे रहा था। पास ही दो हफ्ते पुराना एक अखबार खुला पड़ा था जिसे बोबीने अभी-अभी पाँचवीं बार पूरा पढ़ चुका था। यों खबरें एक बार भी पढ़ने लायक थी नहीं, पिछले कुछ वर्षों में 'विचित्र' इतना सामान्य हो चला था कि अब कोई भी बात नयी या चौंकाने वाली मालूम नहीं होती थी। यह अखबार भयंकर लड़ाई की खबरों से भरा पड़ा था पर भयंकरता भी अब अवास्तविक प्रतीत होने लगी थी। अब आप ही बताइए इन हालात में यह लेखक ऐसा कुछ क्या कह सकता है जो रोचक, आकर्षक या कुतूहलप्रद हो! आप कहें तो वह आपको इस पहाड़ी का ठीक-ठीक अता-पता दे। इसके आस-पास के प्राकृतिक सौन्दर्य का वर्णन कर डाले। मगर आप-हम सब इससे ऊबे हुए हैं। तो लेफ्टिनेंट बोबीने की गतिविधियों का वर्णन किया जाये। मगर

गति जो है सो मूँछों पर ताव देने की है और विधि जो है सो नितान्त निरुत्साह! बोबीने के मन की झाँकी? यह इस लेखक से न हो सकेगा। महापुरुषों का मनोविश्लेषण करना वह सरासर हिमाकत समझता है। उनके कर्मों के विराट्-वृक्ष का बीज किसी पिद्दी-सी हीन-भावना को सिद्ध कर देना उसे सुहाता नहीं।

बहरहाल, यहाँ इतना तो कहा ही जा सकता है कि बोबीने दुनिया-जहान की बातें सोच रहा था। उसे यह बोध हो रहा था कि अगर यही सिलसिला चलता रहा तो कुछ दिनों में दुनिया-जहान का कोई नाम-निशान नहीं बचेगा। उसे यह भी महसूस हो रहा था कि आज फ्रांस को और दुनिया को एक नये नेपोलियन की जरूरत है। एक ऐसे दृढ़ संकल्प सेनानी की जो इस पागलपन को जीत सके, या इस पागलपन से पूरा-पूरा लाभ उठा सके। उसे यह भी लग रहा था कि नेपोलियन बनने के लिए अगर कोई हर तरह से योग्य है तो वही है। यह खब्त उस पर किशोरावस्था से ही सवार था। लेकिन इधर कारबूरेटरी बादलों के प्रभाव के कारण वह भी कुछ वर्षों से अपने को नगण्य और तुच्छ समझने लगा था। आज वह सपना फिर उसकी आँखों में आ बसा है। शायद यह इस ऊँची पहाड़ी चौकी की शुद्ध वायु का परिणाम हो। वह अपने को संसार की कारबूरेटर-हलचल से अलग और ऊपर महसूस कर रहा है। उसे ऐसा लग रहा है कि अगर वह ऐसे ही दत्तचित्त होकर सोचता रह सका तो नेपोलियन बनने और दुनिया पर काबू पाने की कोई जुगत उसे सूझ ही जायेगी।

बोबीने सोचता रहा, सोचता रहा, सोचता रहा। फिर उसने कुछ इस अन्दाज से सिगरेट एक लम्बा आखिरी कश लेकर बूटों तले रौंद दी कि अब और कुछ सोचना नहीं है। उसने अपनी माँ के नाम एक पोस्टकार्ड लिखा—"मैं राजी-खुशी हूँ और मेरे दिमाग में एक ऐसी योजना आयी है जिससे कमाल ही हो जायेगा। मैं बोबीने परिवार का

नाम रोशन कर दूँगा।"

पोस्टकार्ड डलवा कर बोबीने ने कुछ जलपान किया और कागज-पेंसिल लेकर कुछ हिसाब करने बैठ गया। सारा हिसाब लगाते-लगाते काफी देर हो गयी। साँझ घिर चुकी थी। बोबीने ने खाना मँगवा लिया और खा-पीकर (लेकिन शुद्ध पानी, शराब नहीं) बोबीने आज और दिनों से घंटों पहले सो गया। सुबह वह जल्दी उठा। अपने सिपाहियों को भी उसने उसी समय बुला भेजा। कई दिनों बाद बाकायदा कसरत-कवायद हुई। सिपाहियों को उसने बताया कि 'माबदौलत कारबूरेटर और उसके परमात्मा के खिलाफ जंग शुरू किया चाहते हैं।' योजना जितनी सरल थी, उतनी ही कारगर साबित हुई। आस-पास के सारे इलाके में जितने कारबूरेटर थे उनके कनैक्शन तोड़ दिये गये, आस-पास के इलाके के सारे बड़े सैनिक अधिकारी बन्दी बना लिए गये। एक के बाद एक चौकी पर बोबीने कब्जा करता चला गया। वह और उसके सैनिक 'शुद्ध' वायुमण्डल में साँस ले चुके थे इसलिए 'दूषित' वायुमण्डल वाले सैनिकों को परास्त करना उनके लिए कठिन नहीं हुआ। जिस भी इलाके के कारबूरेटर नाकाम बना दिये गये उसमें धीरे-धीरे 'सन्मति' लौटने लगी। फिर लोग कारबूरेटर से पहले के जमाने के-से होने लगे और इन लोगों में नेपोलियन के जैसे गुणों की कद्र थी और ऐसे गुण बोबीने में मौजूद थे। यह द्रष्टव्य है कि बोबीने ने कारबूरेटर-भंग का अभियान किसी शत्रु-देश में नहीं, अपने ही देश में आरम्भ किया। ऐसा करना उसकी योजना के अनुसार आवश्यक था। धीरे-धीरे फ्रांस के काफी बड़े इलाके का अधिकार उसके हाथों में आ गया। तब प्रधान सेनापति और युद्ध-मन्त्री स्वयं उसे बर्खास्त करने पहुँचे। दोनों उसके सैनिकों द्वारा बन्दी बना लिए गये। बोबीने की योजना सुनकर युद्ध-मन्त्री इतने प्रभावित हुए कि उन्होंने बोबीने को सर्वोच्च सेनापति बनाकर प्रधान सेनापति को उसके मातहत कर दिया।

क़ैद से छूटा हुआ परमात्मा

बोबीने के वीर-व्रतधारी बराबर आगे बढ़ते रहे। उन्होंने जो कुछ किया पिछले जमाने के ढंग से किया और इस ढंग को देखकर कारबूरेटरी जनता दंग रह गयी। बोबीने ने 'धर्म' और 'समृद्धि', 'योग' और 'भोग' दोनों का निषेध किया और 'भुजा-शक्ति' की महिमा बखानी। आवश्यकता पड़ने पर यह कत्लेआम करने से भी नहीं चूका। एक ही वर्ष में वह फ्रांस का राष्ट्रपति बन गया, युद्ध-मन्त्री को उसने अपना कार-ड्राइवर बना दिया और प्रधान सेनापति को उनके मातहत क्लीनर रख दिया। इसके बाद 'सन्मति' वाले फ्रांसीसी बहुत ही आसानी से सारा यूरोप जीत सके। बोबीने ने सैनिक आधार पर संगठित समाज और डंडा-राज की नये सिरे से प्रतिष्ठा की। लोगों को फालतू बातें सोचने का समय न देने की नीति अपनाई गयी। सभी विद्वानों ने बोबीने का जयकार किया। उसके कई जीवन-चरित लिखे गये और उसके सम्बन्ध में इतनी किम्वदन्तियाँ प्रचलित हुईं जितनी नेपोलियन के बारे में भी नहीं हुई थीं। कुछ नमूने—

मातृप्रेमी बोबीने—एक दिन बोबीने अपने महल के अध्ययन कक्ष में अपने सेनापतियों से रण-नीति के सम्बन्ध में गम्भीर विचार-विमर्श कर रहा था। तभी उसकी दृष्टि खुली खिड़की से दिखते सार्वजनिक उद्यान की ओर खिंची जिसमें फटे-पुराने कपड़े पहने एक बुढ़िया धूप सेंक रही थी। बोबीने ने रण-नीति के सम्बन्ध में अपना भाषण बीच ही में रोककर सहसा कहा, 'देखिए, मेरी माँ!' मातृप्रेम की यह भावभीनी बानगी देखकर सेनापतियों के कठोर हृदय भी पसीज गये और उनकी आँखों से अविरल अश्रुधार बह निकली।

देशप्रेमी बोबीने—एक दिन बोबीने को सैनिक परेड का निरीक्षण करना था। मूसलाधार बारिश के बावजूद वह इस कार्यक्रम में हिस्सा लेने पहुँचा। परेड कराई गयी। एक सैनिक गाड़ी सलामी देती हुई पास से निकली। उसके ड्राइवर का हाथ काँप गया। गाड़ी को सही राह पर

लाने के लिए उसने स्टीयरिंग तेजी से घुमाया। इस चक्कर में बहुत-सा कीचड़ उछला और बोबी ने की वर्दी खराब हो गयी। सैनिक टुकड़ी के कर्नल ने फौरन उस ड्राइवर को फटकारना शुरू किया और बोबीने से बोले, "आप जो कहें सो सजा इसे दी जाये।" बोबीने ने कहा, "छोड़िए। आखिर इसने मुझ पर फ्रांस की पवित्र मिट्टी ही तो फेंकी है।"

सैनिकों का सहारा बोबीने—एक दिन बोबीने भेष बदलकर घूम रहा था। उसे एक बूढ़ा अपाहिज मिला। वह भीख माँग रहा था। उसका कहना था कि मेरी एक टाँग युद्ध में जाती रही लेकिन सेना वालों ने कोई पूछ नहीं की। मैं और मेरे परिवार वाले भूखों मर रहे हैं। बोबीने का हृदय द्रवित हो गया। उसने अपने सेक्रेटरी से कहा, 'इस आदमी का नाम-पता नोट कर लो।' हफ्ते भर बाद सेना-विभाग की ओर से उस गरीब अपाहिज को एक पार्सल मिला। पार्सल पर लिखा था, 'राष्ट्रपति की ओर से सादर।' उसने उत्साह से पार्सल खोला और यह देखकर आश्चर्यचकित रह गया कि उस पार्सल में वीरता पदक द्वितीय वर्ग रखा हुआ था।

इति नमस्कारन्ते

कई वर्ष बीतें। बोबीने के राज में सब कामकाज फिर सामान्य रीति से होने लगा। दुनिया फिर खालिस दुनियादारी में लौट कर बहुत खुश हुई।

चमत्कारी जहाज के 'छोटे बाबा' बूचि जी महाराज अब फिर श्रीमान बूचि हो गये हैं। उन्होंने ताले बनाने का छोटा-सा कारखाना खोल लिया है। मरेक पागलखाने में आराम फरमा रहे हैं। बौंडी की पैसों के पहाड़ में दब जाने के कारण हृदय-गति रुक जाने से मृत्यु हो गयी है। चमत्कारी जहाज के दढ़ियल बाबा कुजेन्दा जी अब नगरपालिका सदस्य हो गये हैं और बोबीने की जय उसी उत्साह से बोल रहे हैं जिस उत्साह से कभी कारबूरेटर के परमात्मा की बोला करते थे। मशात को वृद्धाश्रम में भेज दिया गया है। उनकी सुपुत्री एलन, प्रभु-जन-सेवा को भुलाकर नये सिरे से निज-तन-सेवा में जुट गयी हैं और इन दिनों अपने सफीने में एक सुन्दर अभिनेता के साथ भूमध्यसागर की सैर कर रही हैं। चरख हिण्डोले वाले बाइंडर जी महाराज ने अब एक रेस्तोराँ खोल

लिया है। तरुण डॉक्टर ब्लाहूस, आखिर राष्ट्रपति जी के निजी सचिव की सिद्धि करके रिटायर होने से पहले रीडर बन ही गये हैं।

हर कोई अपनी लघुता में लौटकर फिर आश्वस्त हो सका है। क़ैद से छूटे हुए परमात्मा के कारण विराटता और महानता के जो भयावह, विस्मयकारी, और दुखदायी अनुभव हुए थे वे अब भी कभी-कभी याद कर लिए जाते हैं लेकिन कान पर हाथ रखते हुए। वह दुनिया आज किसी दुःस्वप्न की दुनिया मालूम होती है। अब भी कहीं-कहीं कारबूरेटरी धूल या बादलों के कारण वह महारोग फैल जाता है। सरकार की ओर से उसके निराकरण के लिए बड़े पैमाने पर व्यवस्था की गयी है। प्रभावित लोगों को अलग-थलग रखा जाता है। कुछ लोग अभी पिछले प्रभावों से ही मुक्त नहीं हो पाये हैं, उनके लिए विशेष 'स्वास्थ्य-लाभ-केन्द्र' (उर्फ महापागलखाने) खोल दिये गये हैं। कुछ लोग अब भी कारबूरेटर का पूजन करने का दुःसाहस करते हैं। पुराने, टूटे-फूटे कारबूरेटर उन्होंने तहखानों या गुफाओं में प्रतिष्ठित कर रखे हैं जहाँ चोरी-छिपे 'साधकों' की गोष्ठी जुटती है।

इन मण्डलियों का समाचार-पत्रों में कुछ उसी तरह जिक्र किया जाता है जिस तरह डकैतों का किया जाता है। इनके अड्डों का वर्णन उन्हीं शब्दों में किया जाता है जिनमें अफ़ीम, चण्डू, गाँजे आदि का सेवन करने वालों के अड्डों का किया जाता रहा है। सामूहिक भजन-कीर्त्तन, ध्यान-समाधि, ये सब 'अनुशासन भंग करने वाली कार्रवाइयों' में शुमार कर लिए गये हैं। पुलिस का एक प्रमुख काम इन कारबूरेटरी अड्डों को खोजना और नष्ट करना है। यह सच है कि अब अड्डों में अधिकतर लुच्चे-लफंगे ही पहुँचते हैं। सभी भले आदमी, इहलोक के सभी न्यायप्रिय निवासी, अपने को पारलौकिक चमत्कार से बचाये रखना चाहते हैं। चमत्कार के संसार के लिए अगर किसी का मन होता है तो उसका जो स्वभावतः जुआरी और नशेबाज है। इसलिए कारबूरेटरी अड्डों को

तनिक भी जन-समर्थन प्राप्त नहीं है और भले आदमी इनके उन्मूलन के लिए वैसे ही कटिबद्ध रहते हैं जैसे शरीफों के मुहल्ले में बने हुए किसी चकले के उन्मूलन के लिए।

बोबीने ने आवश्यकता से अधिक कल्पना और कल्पनाशीलता का निषेध कर रखा है। लोगों को सन्तुलित सैनिक जीवन व्यतीत करने की शिक्षा दी जाती है। एक निश्चित सीमा से आगे संस्कृति, विज्ञान, धर्म, नीति, सभी मानव के मानसिक स्वास्थ्य के लिए अहितकर माने जाने लगे हैं। बोबीने ने अपने को और अपने देश को कारबूरेटर से वंचित करके विश्व-विजय की इसलिए सभी 'सादे जीवन, सादे हथियार और सीधे वार' की महिमा गाने लगे हैं। सब 'सन्मति' के साधक बन गये हैं। इस सन्मति की कृपा से मानव समाज वैज्ञानिकों, धर्मशास्त्रियों अथवा कवियों सबके परमात्माओं से सर्वथा बेखबर रहकर उसी बेढंगी रफ्तार से 'आगे बढ़ता जा रहा है', या यों कहिए जहाँ का तहाँ बना रह पा रहा है।

क्या कभी वह दिन भी आयेगा जब लोग एक-दूसरे पर विश्वास कर सकेंगे? जब सभी रास्ते उसी एक परम सत्य की ओर जाने वाले माने जा सकेंगे? जब हम एक व्यक्ति के प्रति भी वह आदर्शवादी भावना प्रदर्शित कर सकेंगे जो हम 'मानव समाज' के सन्दर्भ में प्रदर्शित करते हैं? जब हम 'मानव समाज' को बचाने के लिए मानव समाज के सदस्यों की, मानवता की हत्या करने से बाज आ सकेंगे? क्या कभी कल्पना भी सन्मतिप्रद मानी जा सकेगी? क्या कभी हम अपने अस्तित्व की आत्मा से आँखें चुराना छोड़ सकेंगे? क्या कभी हम अपनी ही छाया से डरने से बाज आयेंगे? —ये सवाल खतरनाक थे। और ये उठ भी एक खतरनाक आदमी के खतरनाक दिमाग में रहे थे। पागलखाने में बैठा हुआ आविष्कारक मरेक इन सवालों से जूझ रहा था।

कोठरी की खिड़की के सीखचों के पार सड़क में एक पुलिस दल

कुछ 'साधकों' को गिरफ्तार करके ले जा रहा था। पुलिसदल के कब्जे में एक बहुत ही पुराने ढंग का कारबूरेटर भी था। मरेक को जाने क्यों ऐसा लगा कि यह शायद उसका बनाया हुआ पहला माडल ही है। वही जो चोरी चला गया था। उसने सुना कि एक पुलिस वाला कह रहा है कि यह आखिरी अड्डा और आखिरी कारबूरेटर था। मरेक मुस्कराया, उसने मन-ही-मन कहा, 'आखिरी और पहला!'

□□